中国少数民族
文学之星

记忆宫殿

李达伟 著

作家出版社

以民族的情意，打造文学的星辰

——“中国少数民族文学之星”丛书总序

邱华栋　彭学明

“中国少数民族文学之星”丛书是中国作家协会少数民族文学发展工程的一个新项目，于2018年开始实施，由中国作家协会创作联络部具体组织落实。出版“中国少数民族文学之星”丛书的目的，是重点培养少数民族文学中青年作家，打造少数民族文学精品，为那些已经在少数民族文学界和全国文学界成绩斐然、广有影响的少数民族中青年作家再助一力，再送一程，从而把少数民族文学最优秀的中青年作家集结在一起，以最整齐的队伍、最有力的步伐、最亮丽的身影，走向文学的新高地，迈向文学的高峰，让少数民族文学的星空星光灿烂，少数民族文学的长河奔流不息。以文学的初心，繁荣民族的事业；以民族的情意，打造文学的星辰。

入选“中国少数民族文学之星”丛书的作家，必须是年龄在50岁以下的、在少数民族文学界和全国文学界广有影响的少数民族作家。不管是否出版过文学书籍，只要其作品经过本人申请申报、各团体会员单位推荐报送、专家评审论证和中国作协书记处审批而入选的，中国作协将在出版前为其召开改稿会，请专家为其作品望闻问切，以修改作品存在的不足，减少作品出版后无法弥补的遗憾。待其作品修改好后，由中国作协统一安排出版，并进行广泛的宣传推广。

中国是一个多民族的大家庭。每一个民族都沐浴着党的民族政策的光辉、感受着党的民族政策的温暖，都在党的民族政策关怀下，蓬勃发展，欣欣向荣。在这个伟大的新时代，我们正创造着中华民族的新辉煌。每一个民族的发展与巨变，每一个民族的气象与品质，都给我们提供了生生不息的创作源泉。我们每一个民族作家，都应该以一种民族自豪感，去拥抱我们的民族；以一种民族责任感，为我们的民族奉献。用崇高的文学理想，去书写民族的幸福与荣光、讴歌民族的伟大与高尚；以文学的民族情怀，去观照民族的人心与人生、传递民族的精神与力量。

我们期待每一位少数民族作家，都能够到火热的生活中去，到广大的人民中去，立心，扎根，有为，为初心千回百转，为文学千锤百炼，写出拿得出、立得住、走得远、留得下的文学精品。不负时代。不负民族。不负使命。

2019年5月18日

形式主义者李达伟

——《记忆宫殿》序

宁 肯

形式主义者李达伟，我忘了是在路上，还是在宾馆，或者在某处，我们有过一段短暂的相处。反正无论在哪里，四周都是山水，弯曲、狭窄，到了高处又极开阔，左右全是天空，非常恢宏，云开云合，整个视域，包括置身的其间，都充满了不仅仅属于自然的形式感。没有什么仅属于自然，但有人认为就是这样，因此在这个意义上我不想说上述这种自然形式感造就了形式主义者李达伟，因为太多的书写者虽然生活在各种形式空间却缺少形式感，更不要说成为一个形式主义者。许多事情都是这样：正推充满荒谬，反推又处处相关像另一种鬼斧神工。形式主义者李达伟就是这样一个只能反推的例子，他的写作处处与那片复杂恢宏的山水相关。

形式，毫无疑问是一种结构，少了结构很难称形式。我们在小说里经常谈结构，在戏剧里也经常谈，但却极少在散文里谈。因为结构似是小说戏剧固有，非散文固有，因此我们也很少谈及散文的形式。比过去进步了一点的说法是“形散而神不散”与“神散而形不散”都已成立，但这里涉及的“形”仍止于散还是不散，是单线的，因为这里的“形”

散或不散仍缺少结构，即形式的意义。33岁的李达伟的这部作品改变了这种状况。他当然不是第一个改变者、一个有着形式感的开拓者，但他却是一个在我看来让散文的形式有了一种“固有”的感觉，就像小说或戏剧有“固有”的一种结构一样。这一点非常难得，自然与李达伟身处云南大的山水之形式感有关，但更与他的阅读有关——他是那么酷爱阅读，甚至是阅读本身。因为书他几乎是一个高度文本化的人：书与自然各成为一种镜子，映成了相互映照的李达伟。

形式主义者李达伟的《记忆宫殿》共35个章节，每个部分由“前文，正文，阅读”三个部分构成，结构相同，然后由这些相同的结构构成一个整体的空间，正像所有建筑一样，局部构件相同，所构成的整体又是另一种空间。整体与局部既独立又相关，因而也带来一种“固有”形式特征。我也看过别的有形式感、有结构的散文，但像形式主义者李达伟这么稳定、有统一性、像某种网状的比如埃菲尔铁塔那样的稳定性结构的散文还是非常少。形式要有个性，要固执，每个局部都是重构，整体又是另一种东西，才能称为形式主义者。

好了，现在是否需要为“形式主义者”证明？

不，但要说清的是，我们太缺少形式主义者。不要说真正的形式主义者稀有，就是通常贬低意义上的形式主义者也稀少。原因这里就不说了，结果则表现为对形式主义的弱智，对形式不敏感，迟钝，扁平，以为“内容为王”，结果反而导致内容贫乏，平常，平庸，凡此种种，都是与无知无畏地蔑视形式有关，与所谓“务实”有关——殊不知没有有力的乃至创造性的形式，怎么可能做到“务实”？事实上某种意义的“实”是由形式创造出来的，越是“实”的东西就越需要“形式”，甚至形式主义。李达伟曾生活在边陲县城，那地方再“实”不过了，但也实得千人一面千部一腔，与任何一个边缘县城没什么区别，一句话，太缺少

“形式”，也好，这倒也逼得李达伟反而走上了一条形式主义的道路。这真是恰到好处妙处：我们终于有人在最“实”的地方搞出了最形式主义的东西，因而使县城的“实”不再千篇一律。因为形式改变了“实”，甚至创造了“实”，但又是实实在在的“实”、李达伟的“实”，这种“实”既熟悉又陌生，既陌生又熟悉，既深扎，又超越。《记忆宫殿》的每一章由形式感极强的三个部分组成，却将最“实”的边陲县城纳入其间，这本身就是一种非凡的行为。但李达伟则轻描淡写地说：“三个部分貌似无关，又希望几部分之间有着内在的联系，让文本的精神内涵得到一定程度的拓展和延伸。”展开文本我们看到，在由最“实”的“看守所”“理发店”“福利院”“录像厅”“武装部”“狮和村”“酒厂”“供销社”“小餐馆”“教学楼”“农贸市场”“电影院”……诸构件构成的太实、太寻常、太习焉不察、太难解难分的日常事物中，李达伟说出上面的话，难道不让人惊讶吗？他随手抛出一面魔镜便将上述现实收入镜中。看起来轻松无比，实际是“众里寻他千百度”——“众里寻他千百度”就是形式主义。

荷兰画家伦勃朗有两大特点，一是善用光，二是画了许多普通人。由于他善使用光，他笔下的普通的人不再普通，有了一种神性。普通与神性是一种对立的东西，在伦勃朗这里统一起来。形式主义者李达伟构造的“前文”与“阅读”，也是打在普通事物“正文”上的一种光感，因此我们也可以说李达伟在写作《记忆宫殿》时也是一个将普通与神性统一起来的艺术家。

最后，一点题外话，或者也是一种双重的错觉——谁知道呢？我想说“如果《记忆宫殿》是一个人晚年的作品，那么毫无疑问是他的高峰，如果是一个年轻人的作品，则真是后生可畏”。有趣的是，作品的晚年特征非常明显，回溯的，记忆的，思辨的，凝视的，自语的，但李达伟又是个年轻人。

一

【剑川】

这几乎就是一段总括式的文字，类似引子。有一段时间（可能是几年，也可能只是短短的几天，或只是一时），在小城中生活的我们，像落叶，像某种植物。落叶，命运的至少一种方式。我们成了某种植物，一种藤蔓植物，攀附着那些或是潮湿，或是斑驳的墙体，努力生长着，如果没有可以依附的墙体，只能匍匐在地，或者垂吊着，处于悬空的状态。在浓烈的旧物气息笼罩下，我们本该变得有些迟钝，却反而变得更为敏感，一看到那些藤蔓植物，我们就看到了一些时候的自己。我携带着某种身份进入小城，很少有人会在意你过往的身份，你有点遗憾，有点恼怒，你感觉到了世界之内弥漫着的漠然感（后来你慢慢知道是自己有点偏激了），同时你又有点庆幸被忽视，你多少的过往将被遮蔽和忽视。某些身份就这样在体内暂时沉睡，有些醒来，有些不再醒来。我们很多人拥有不同的身份，心思各异，朝着旧城涌去。

小城偏远狭隘，它的狭隘表现在很多方面，最突出的是它太小，与许多边地小城一样，又不一样。可能是在某一天，它突然间意识到了自身的狭隘，开始几乎疯狂地朝四周扩展（这时，它表现出了很多小城被时间，以及时间背后诸多复杂因素裹挟时会表现出来的样子）。因此，这里所说的偏远狭隘，是好几年以前的剑川，是记忆中的剑川，是记忆中印象深刻的剑川，是自己所认识的剑川。认识似乎停滞了，我又希望认识不会停滞，认识也应该像记忆一样，不断变化，不停繁衍。这是时间之城，属于我的时间之城。这是我的记忆之城，记忆一直在支撑着我。我说不清楚，现在提它的褊狭，还有多少意义？时间早已改变了太多东西，似乎在时间面前，一切太过微渺，我们那些无端的忧伤也是如此。

这座边远小城的扩展史，与我的成长史中的一些段落相互交叠，并对我的成长产生了无法磨灭的影响。一些东西，在扩展中衰败消散。扩展与衰败里，有着孕育、成长、衰老以及离世时，所会拥有的阵痛感。它的阵痛感，很少有人感受到（毕竟有时，我们跟不上它变化的速度，经常会出现这样的情形，我们在后知后觉中猛然醒悟，小城已经发生了变化）。

像我，在那些时间里，只感受到了成长过程中的阵痛。我是猛然间意识到了小城的变化。在那些时间里，在由小城为我限定的范围里，东冲西撞，磕磕绊绊。最后把青春期所应有的棱角，几近磨平。每次我一个人在那些街巷里游走，像一尾只顾朝前游的鱼，脑海里总会有好多人影，一个飞檐走壁的侠客，一个拦路抢劫杀人不眨眼的恶人，一个一身素白裙裾拖曳的神秘女子，一个足不出户的隐者，一个行走着的思想者，一个拿着雕刻刀正在沉思的艺人。我在表哥的书房里看到了一本武侠书之后，其中一些人影便经常出现。

表哥住在一个古旧的民居里，那时想象力的喷发，恰好与武侠书与旧城相互杂糅在一起，想象力便有了这样奇妙的呈现。有一回，我碰上了拦路抢劫的人，总共抢了我 20 块钱，那差不多是我一个星期的生活费。但我不敢声张，他们在把我钱搜走的同时，扬言说，只要我告诉别人，就会叫我好看。自从被拦路抢劫后，我有意把脑海中的那些人影过滤掉，最终发现很难，对于那些虚幻的人，我竟有了依赖感。相反却忽视了那些现实中与我多少有些交集的人与物。被我忽视的有那些在小城里生活着的白族人，他们的语言与生活在偏远山区的我们之间还是有点区别，在他们生活的世界里，汉文化的影响更为浓厚，在一些角落，如果不是人们的语言，我们将会忽略那是白族聚居的世界；被我忽视的有那些乞丐，真真假假，假假真真；被我忽视的有那些拾捡垃圾的人，其中有一些是老人，最多的是一些外地妇女，背着娃娃，或者在三轮车里放着垃圾和娃娃；被我忽视的有像我一样从偏远地方来的学生，这些人往往穿着朴实，也会见到一些穿着廉价却颜色艳丽繁杂的人，染头发，抽烟，酗酒，打架；被我忽视的有县一中门口的那些小店，那些文具店，那些租书店（都是一些小本小本的言情书），那些包子店，那些百货店，至今我还欠着其中一家商店（那个商店已经从那里消失）的钱，15 块钱，还有那些饭馆；被我忽视的还有那些背着三弦卖艺的人……现在，当我把这些人与物，从记忆中扯出，隐隐约约，若有若无，似真似幻。心，怅然。

多年之后，很多人与物将以不同的样子重新出现在我面前，我开始意识到再不能忽视他们的存在了。他们将是这个文本中最为重要的一部分。在这个文本中，悲剧性质的人会相对多一些，我想在一种不怎么颤抖的笔的作用下，把这些人拉出来（但我分明感觉到了自己无法做到，在提到那些人的命运，并以他们的命运反观我可能的命运时，自己是颤抖的，是颤抖了，我是感觉到了命运的不可捉摸感，以及生存境遇中随处会有的尴尬)。有些人的时间跨度,从那时起到现在为止,有些时间还将会被无限抻长。时间段的无法确定,也影响了对一些人的判断。时间的局限性,就这样摆放在了面前。我并不是在这里,有意呈现他们尴尬的境遇。一想到笔下可能会有暴露与调侃的意味,我就有些不安。毕竟并不是小城里生活着的所有人都是悲剧性的,但这个文本中,悲剧性的人出现过多之后,会给人一些错觉。真实的情形是在这个小城里(以及拓展到更为大的世界之内),悲剧与喜剧同样交杂。很多人在感受到痛感的同时,同样有很多的人感受到了幸福感带来的那种快乐。很多人失望的同时,很多人依然对生活充满希望。只能说这个文本更多呈现的是人的悲剧性,也许还应该有那么一个有关旧城的文本,呈现的将是人间喜剧。就像在看到那些旧的事物时,也看到了新的东西,破旧的反面,硬币的反面,暗色调的反面。

只需花很短的时间,一个小时,有时甚至只需半个小时,就可以穿过小城的那些大街小巷,并经过许多座桥(我跟媳妇提到了县城,她印象最深刻的竟是其中的一些桥,那些石桥有特点吗,我不断回忆着,好像没有多少特点,但就像我对县城中的某些物印象强烈一样,那是属于个人的,每个人都将有属于自己的小城),甚至不经意就跨过了金龙桥。金龙河和小城之间有一些稻田,那时每到秋季,入目的是金黄饱满的谷子,一望无际,秋虫漫天满地飞跑,金龙河一年四季浑浊而肮脏,河里经常漂浮着一些死猪死狗肿胀发白的尸体。现在那些稻田已经消失,许多建筑拔地而起,铺满的金黄稻谷也不见了,金龙河比起那几年变得干净了很多。

跨过金龙河,就不再属于那个小城的范围了(当然这也只是那几年里的情形,现在小城已经把跨过金龙河的一些地方并了进来)。由小城范围的褊狭,带来了不断向内行为极有可能的狭隘,像思维的狭隘,文字的狭隘，情感的狭隘，等等。在小城里读书，直到离开，直到现在，我强烈地意识到自己已经很难避开它的狭隘。有时我甚至会把自身的狭隘，怪责于小城的狭隘。

小城正在变化，只是我对小城的认识早已停滞。小城不再狭小，我却依然狭隘。我曾多次翻开新修订的县志，主要把注意力集中在那些有关古旧建筑的内容上。我是想好好补一下课，对于那些古旧建筑，我所知不多。文字却与我的渴望背道而驰，很简略，深印在脑海里的只是“三坊一照壁”“四合五天井”这样的字眼。那片旧城的建筑形式，一直延续下来，一直往外扩散，那些建筑样式的文化内涵，在此我将有意忽略（其实我不应该忽略它们，那些建筑里有着很多属于白族对于世界的认识，还有着白族文化与汉文化之间的交融，单单是那些建筑里的照壁，上面所写的“紫气东来”之类的其实是姓氏的一种体现，这里面有着很浓的汉文化的因子）。我对那些建筑形式，表现出了前所未有的兴趣。我们是可以好好谈谈古建筑之美，美在时间，美在细部，美在其他种种。

许多人都有意逃离那些古旧的建筑形式，随着小城的扩展，人们纷纷从旧城搬离，可以说是一种有意的逃离（这也是当时的情况，旧城显得空落落的，现在重新进入其中，让我没有想到的是很多人重新搬回旧城，把那些曾经空落破旧的院落修缮一番，旧城不再显得空落与古旧）。这样，那时在旧城，就有许多房子，没人住，或者租给别人，租金不是很贵。租住那些老房子的，基本都是学生。这其中我们就曾见到过一些出来同居的学生，在别人异样的目光（其实我不敢确定，有多少人对他们报以的是异样的目光）里，他们泰然自若，这让我们感到很吃惊。

那时我们对于异性还处于懵懂好奇的阶段。我们在那些租的房间里，偶尔也会兴致勃勃地谈论女性，但多数时间里，我们都各自在房间里用功。有时我们会一起畅谈未来，用没有经过任何打磨，还布满棱角的思想，畅谈着充满变数的未来。那个时候，在我们稚嫩的思想里，未来的变数被削减得几乎为零。在那些建筑里，似乎我们的日常生活，基本是重复的，当然只是表面的重复，我们不断重复着学习生活，学习和生活的内容却是不断变换交替的。有一段时间，我总觉得时间在那片旧城里停止了，我们不用担心时间会消失，我们甚至不期望时间会给我们带来一些惊异的东西，生活将在平静的无聊中继续。

我发现水龙头下的苍苔，还是和刚来时一样，时常的粗糙干燥，只有短时间的潮湿滋润，那棵石榴树，同样没有任何变化，那只每天都会在石榴上出现的小鸟，依然每天都来，建筑的古旧同样停滞了，没有继续破败下去的迹象。有一回，我染病去表哥家待了一个多星期后，再次回来，那些事物的变化，让我吃惊，毕竟与我认为的一切事物已经停止变化的念想不一样。石榴树竟悄悄地绽放了，大红的花，出现在石榴树上的鸟，已经不止一只，种类也已经不止一种，建筑表面虫蛀的覆盖面较之以前扩大了许多，有些建筑盖着的瓦片，也突然间破碎并摇摇欲坠。是那个星期，让我突然意识到，时间正以迅疾的速度，侵蚀着那片旧城，加速了一些建筑的塌陷，同时加速了小城的扩展。

早在我前面好多年，就已经有好些我们村的人来县城工作生活。那时候，我们不曾想过他们会把家真正安在县城。在一个陌生之地真正扎根下来的难度，只有他们自己才知道。他们的扎根史里，有着太多动荡、不安与惶惑的东西。只是有时，这些东西被他们轻描淡写，以致被我们很多旁观者所忽略。直到自己也想在那个小城住下来，才意识到那个过程的漫长与艰难。

岳母和岳父在小城中的扎根同样艰难，岳父退休之后，他们在老家重新建了房子，他们的目的是回去安享晚年，他们代表了一部分人，那无疑在很多人看来是不可思议的，这也可以算是与生活的妥协。我的认识也是片面的，有一些人的理想是退休之后，回到农村，这样的人也不少。现在住的房子被划入了旧城改造片区，我们犹豫着是否在县城重新买个房子。岳父和我们聚在一起认真讨论，最后决定先回老家建房子。

我从表哥身上，也看到了这样的艰难与隐忍。我在表哥家住了好几年。夜深之时，表哥还写着一些乏味的公文，他不得不借助酒与烟来提神，是酒和烟没错，烟应该是没有任何争议的，而酒的话多少让人感到不可思议。但确实是这样，他就在那段时间开始有了烟瘾和酒瘾，直到现在，每天必须要喝二两酒才好入睡。表哥多次跟我谈起，好多夜晚，他通宵写公文，伴随着他的是一瓶酒，酒饮尽，文写就，洗把脸便匆匆去上班。那时的表哥沉默寡言，生活和工作的压力可想而知。我不知道在这里，把表哥的这些最为隐秘的方面呈现出来，如果被他看到，我们的关系会不会变得有些微妙？现在我们的关系很好，我们偶尔会在一起谈论那些过往的丑陋、纠结与苦痛，以及过往生活中那些细微的感动与幸福。现在，表哥的生活已经随着两个女儿大学毕业，不再像多年前那般窘迫。有那么一段时间，确实就是窘迫，那时他还要面临买房等诸多的压力，我有时能清晰地感觉到他那喘不过气时的努力透气，透气的方式依然还是借助酒和烟。

酒开始起作用，表哥有一点点失态了，但他知道自己面对的是我，他不用刻意压抑自己的情绪。我端起了手中的酒杯和表哥碰了一下，喝了一大口，感觉到了命运的那种呛人，我开始轻微地咳嗽起来。只有酒喝得差不多，他才会把个人有些时候的忧郁感伤，以及他所感受到的世界的重量跟我说说。

一直以来，表哥与我之间并没有那种无休止的争辩，而有时他与其他人之间会有，他们会借着酒劲为了一点点书法上的事情争辩。小舅会在适当的时间里，出现在这个文本中，小舅是与表哥经常争得面红耳赤的人之一，有时是为了书法，有时是为了对待生活的态度。有那么一会儿，沉默横亘在了表哥与我之间，现在的沉默早已不是滞重黏稠的，而是有了几丝吐气过后的轻盈意味。小舅在一所职业中学教书。表哥在一个政府部门上班。只是工作性质不同，他们要面对的生活难题却基本一样。我们或多或少，都感受到了有些时候生活的艰难。

表哥和小舅，只是那些从外地进入县城的人群中的两个。他们的存在，他们在县城里的生活，便是对于命运感的庞杂与变数的多种注释。在这个小县城里，各种面孔在混杂在交集在想着逃脱在想着彻底融入。一个又一个的面孔，表哥那有些苍老忧郁的面孔，小舅那洒脱面带微笑的面孔，还有表嫂那被病痛折磨时绞痛的面孔，还有我那茫然无措的面孔……面孔之河，面孔之森林，面孔之麇集，命运之麇集。我们会看到一些在某些荒诞的现实面前，忧郁悲伤麻木挣扎的面孔，其中有那么一些面孔早已被现实荒诞化。表哥和我，更多只是谈谈自己，我们不会轻易去谈论别人。我们发现自己早就卷入了生活的洪流，有时想在垂到岸边的枝杈上擦刮一下却没能做到。

这时，我眼前就是一条正在涨起的河流，浑浊，撞击着河的两岸，冲击着那些茂盛的紫荆泽兰。这时，我就在那条从县城中流过的河流边走着，就是漫无目的地走着。与河流有关或无关的人，与河流有关或无关的物事，在浑浊的河流里泛滥着翻腾着。有那么一会儿，对着那条在枯水季节流量极小的河流，我竟有些恍惚。无端恍惚，已经出现过多次。河流中，我看到最清晰的竟是左右奔突动荡不安的命运感。

在这个有点突兀的位置穿插一则阅读随记（以下简称“阅读随记”）：

《伊斯坦布尔：一座城市的记忆》。奥尔罕·帕慕克著。

有关记忆，有关灵魂的安放之城。“美景之美，在于忧伤”，那些“呼愁”的东西总是纠缠着萦绕着。身份的变化，身份的时而清晰与时而模糊，身份的模糊有时带来的是身份的焦虑，分身在城市中到处奔走，有时焦虑淡化，化为“呼愁”。消失的事物。定格的事物。黑白的影像。内心的影像。内心深处黑白血管的略显微妙的流动。时间在变化，但一些时间早已定格，定格在了属于帕慕克的时间，定格在了某些时间段的伊斯坦布尔。这是帕慕克的伊斯坦布尔。这也是那些出现在这座城市中的艺术家的伊斯坦布尔。这还是那些被多舛的命运折磨着的人们的伊斯坦布尔。这同样是经过了各种交会碰撞变异的伊斯坦布尔。“伊斯坦布尔”，这几个字眼一出现，那些人纷纷从城市的暮色与喧嚣中，略显疲惫地走了出来，他们需要穿过时间厚厚的隔层，他们需要从时间背后那浓重的忧郁中走出来。色泽正在变暗，色泽正在时间的暗处沉睡。深入那些生活的暗处，深入心灵的暗处，更多触摸到了那些让人倍感复杂沮丧的东西，但我们还是要义无反顾地进行着。一些秘而不宣的东西左右着我们，我们总想挣脱这些东西，最终却发现这类似宿命一般，我们已经无处躲藏。有时会觉得帕慕克的伊斯坦布尔的某些部分就是我的小城，有时又会觉得两者之间没有任何相同的东西，没有任何可比性，我的小城太小，小得似乎无法真正接纳我们这些同样深刻感受到了命运多舛的人，而这样的感觉也应该是极其正常的。不由自主地抒写着属于我的小城，但更多可能会集中在旧城，我是看到了旧城往外扩展的步子，只是那时还没有像现在这般彻底。我的视阈就被固定在了那些时间。时间固定在了我的时间。重复，但记忆不只是重复。记忆，记忆的宫殿，但已经不只是记忆，还有着这么多年的时间堆积之后，对于世界和世界之内的具体的人、具体的物、具体的生命的塑形。那些贵如生命的记忆。那些挥之不去的哀思。绝望的。希望的。审视那些记忆中的个人觉得有些稀罕的时光。欲望的吞噬。无法让自己平静的一切。

二

【旧城】

原来一提起剑川，想到的其实只是旧城。很长一段时间里，旧城几乎与剑川可以替换，“旧城”与“剑川”二者的区别只是命名而已，而现在剑川在不断往外扩展之后，旧城不再是剑川，旧城不断被缩小，只是剑川的一部分。

旧城，于我而言，是一个容器，容纳了时间本身，空间本身，还容纳了一群人的辛酸苦痛幸福，一群人微小微妙的情绪，至少容纳了我个人的记忆，我是拿着一个木瓢（我喜欢木头，木瓢的材质是好木头，在水中不断浸泡之后并无多大变化）舀了一瓢，都是记忆，都是记忆的开始与无法轻易的终结，我在以自己的方式梳理着记忆，不只是自己，原来还一直以为记忆中都将是孤独的自己，没想到的是自己并不孤独，至少从身处的人的数量上来讲是这样。那些释梦者，不断搜集着各种各样的梦，并想从中找寻到一些蛛丝马迹，我也想像那些释梦者一样不断在记忆这个容器中打捞着，并希望能在其中打捞到一些让自己兴奋或是情绪复杂的东西。当它成为一个容器，当旧城以容器的方式存在着，一个可以装无限的空间与时间的容器，那么我所记忆的那些人与物都将只是部分。当我一个人进入容器的内部，当我和一群人进入容器的内部，所捕获的可能是不一样的东西，不一样的时间，不一样的空间，不一样的人，不一样的建筑，不一样的情绪。我是进入了其中，斑斓的色泽出现，一些色泽被我过滤着，暂时剩下暗色调，暗色调的斑斓，当在别的时间出现，可能许多暗色调会沉入底部，别的色调将浮到最上面，我随意抓一把，都是亮色暖色的斑斓。

古建筑群，这样的表述有种去意义化的意味，旧城不只是建筑，但建筑是空间感与时间感最重要的一部分，我所定义的“旧城”，与这些建筑有很大关系。建筑群被分解为诸多的个体，它们之间是有一些相似的东西，里面也夹杂了一些新式但已经变旧的建筑，这些建筑大部分只在那里存活了几年，在它苟延残喘之际，被人们迅速拆掉，拆掉了一段记忆，拆掉了一段时间。我目睹着这些建筑发生着微妙的变化。特别是女儿在那些建筑间的青石板上奔跑时，这样的感觉尤为强烈，我说不清楚年幼鲜活的女儿竟会有这样的力量，可能换成是其他年幼的生命，感觉同样如此。

我突然之间，一眼就抵达了旧城真正的旧，那时我们退到了旧城旁同样面临着拆迁改造的单元房里。这只是旧城的一些方面，也只是我记忆的一些方面，我深知还有其他方面，至少像磁带一样，还有丰富的B面，还有其他磁带。一些近乎录制下来的磁带，也可以重新翻录的磁带。很多时间里，我就一个人选了某个安静的角落打开录音机，耐心地听着卡带努力挣脱时间牢笼的声音。

我现在正打开一台老式录音机，一些声音开始从陈旧的机器中穿透出来，有些沙哑。声音时而卡壳，喑哑的声音在卡壳的波澜中残喘。总觉得录音机是要被淘汰，那些录制的磁带也要面临损毁，它们的损坏往往会从消声开始。暂时，我不去关心录音机和磁带的命运，我只是继续听着。我听到了其中混杂了几声尖利刺耳的声音，耳膜被刺痛，被刺痛的还有内心的某些部分。“某些”本身就是模糊不确定的东西，感觉它存在着却又不知道它存在于某处。一些人的声音，从时间背后走了出来。我涉及的也只是这些人的一面而已，可能这一面都还不是准确的，类似浮光掠影。

我在记忆中打开了它的A面，又接着打开了它的B面，又重新拿出了另一盘磁带（让我感到吃惊的是，磁带的多以及贮存在记忆中的物事人的丰富。丰富背后的往往是复杂，我想要抵达的便是那种复杂与多义）。地点开始变化，我在多个不同的地点重复播放着，就这样在另外一个世界听着，感慨万千，情绪复杂。这样的行为，像极了在大自然中录制一些声音，为了在那些喧闹嘈杂的地方听，是心灵的渴求，是为了消除一些芜杂。然后我又回到了旧城，并不是为了这个文本而回去，而是我必须要回去，我的妻子，我的女儿都在旧城里等着我。

我们经常在旧城里闲逛。这样的行为很简单，出门往南走上百步经过一座石桥就是旧城。我们进入的是一个正在拆建的现场，我们匆匆地经过了现场，不做任何评论。只是那时女儿才几个月大，她只会用表情的丰富表达着旧城对她的冲击，那是属于女儿的旧城，那是还无法言说的旧城，如果她会言说，旧城就会变得丰富温馨而活泼些，那时旧城就是活的，是生命力的喷发，至少是蓄势待发。这也仅仅是我的猜想而已，猜想往往不可靠，猜想里面暗含了太多渴念。

我们是看到了“古建筑群”这样的表述，这是经过修缮之后的定义，是这些字眼在提醒着我关注建筑本身。当没有把时间和注意力放在建筑上时，我把更多时间和精力放在了人身上。在这里，建筑起到更多的应该是缓和气氛，或者是分散注意力的作用，也是我的灵魂与肉身在行走中，感到疲乏时暂时休憩一下的场所，事实果真如此吗，我说不清楚。整体建筑的古旧，整体的视角，我是在某个可以俯瞰整个旧城的地方目睹着旧城的变化，然后才真正深入其间，一个建筑一个建筑地认真抚触，时间与纹理，时间与感伤，时间与精妙，时间与一切的可能与不可能，时间便是在这样多重的连接相互抻拉中丰富且多义起来。我要解决的是时间与命运感的问题。时间应该是立体且流动的。现在不断地往返于旧城，往返于时间中，也是往返于一个更多是精神的世界之中。

灵魂之间的对话与对视。在回望的时间里，我们将会遭遇很多这样的对话与对视，至少我是感觉到了诸多不同时间段的“我”出现了，并在旧城的某些角落里相遇了。另一个我，另一些我，另一个灵魂，另一些灵魂。对话，对视，反思。喋喋不休，也可能是沉默寡言。沉默与孤独。我们还能认清另一个灵魂吗？在那个旧城，有很多的时间和空间，可以让我面对着自己不同的灵魂。这也发生在了后知后觉之中，在很多时间里，我同样只能依靠着记忆，记忆中的旧城，记忆中的我，以及记忆中的在旧城中生活的人群。

记忆是凝滞潮湿的，记忆是苍白无力且恐惧交杂的，当把这些记忆的感觉与记忆本身的真实混杂在一起，将是一个错综复杂的图景。生活的现在，转瞬间便成为记忆。一些东西将以很强的现在感存在着，这些将是我最为重视的。这些我最为重视的东西，也可能往往是那些重复的生活日常，庸常的生活现实。有时我会沉浸在对它存在意义的追寻之中。追寻，这样的说法，多少还是有些生硬。在那片旧城，我的各种想法交织在一起，它早已成为记忆的一部分。记忆早已说明它的不可靠，但我只能通过不可靠的记忆来还原一片旧城，来还原一些人。

在想把旧城搁置在记忆深处后的某一天，我突然之间再次回到旧城，并在旧城中生活了很长时间。我曾一度厌弃旧城，厌弃它的一切，厌弃洒落在214国道线上的阳光，阳光燠热，我喘不过气，焦躁不安。这样的感觉，与在旧城中学习那几年所遭受的挫折有着很大的关系。这样我们只是感知到了一部分真实，这样我在这个文本中更多呈现出来了情绪上的单一，以及情绪上的略显暗色。旧城被改造，它一直以来都在被改造，已经被改造得面貌全非，至少我心中的旧城绝对不是眼前这个样子，但我没有任何理由去评判它，我更不可能批判它的现在（这是在多年以前，我不曾想到的现在）。让内心沉寂一会儿，在沉寂中透视一些真实。

“无根性的想象力”，“伊斯坦布尔的命运就是我的命运：我依附于这座城市，只因她造就了今天的我”。（《伊斯坦布尔：一座城市的记忆》）我没有过多去思考旧城的命运，但在把记忆的碎片完整地捏成一团时，我发现了旧城在我的命运中所占据的重要位置，它曾一度接纳了我，也一度毁了我，它也一定程度上塑造了今天的我。废墟之城，行将成为废墟，呈现在我面前的却不是这个样子，我本以为它将会成为一个废墟，殊不知呈现在面前的是一个几乎经过了彻底重建的小城，废墟感早已虚无缥缈，早已彻底消失。现在，我们进入旧城的话，许多曾经的暗色与潮湿已经被明亮与洁净感所替代。

在每次面对着旧城时，脑海中出现的是“反思”。我在键盘上敲下了“旧城”两字时，往往是在反思，是在审视，我们一生当中是要进行那么几次反思，即便深知那样的反思可能没有多少意义。旧城的命运，恰恰就由于它的“旧”，在它不断被翻修的过程中，人们似乎想翻修的是它的旧，在它那变得日渐规划、秩序严谨的面貌里，一些旧已经一去不复返。很多人似乎除了这样之外，再想不到修葺“旧”的方法，一种类似“呼愁”的东西开始出现。

那些负责拆建的人群，往往不是旧城里的人，而是像我一样来自旧城之外的人，我们只会根据房主的意愿努力做着。虽然我不是其中真正的一个，但我不需要通过想象力来介入，我只需要跟着某个人的讲述介入现场。某个人的讲述与现场之间，有着一些距离，讲述者在现场时往往戴着口罩，不讲述，不能讲述，没有时间和精力讲述，那时他是现场极其重要的一部分。我们坐在那座石桥上，他疲惫地把口罩拿了下来，他的讲述中有不解也有羡慕，他把讲述的内容不断往外扩，我想说讲述开始漫开了，有点点过了，但又不想把他的讲述打断拉回，我只能慢慢过滤简化他的讲述。

过滤与简化会带来一些问题。他来自某个村子，他的女儿就在这个旧城的那所高中读书，女儿刻苦地学习着，为了从那个村子体面地逃离，他是意味深长地提到了逃离与命运这样的字眼。他女儿不想像他一样的方式逃离，总觉得他的方式有点太辛苦。逃离那个村子是有理由的，那里太偏远，生存环境有些恶劣。那是在几年以后，我出现在了云南的另外一个州市，生存环境之恶劣超乎想象，人们的饮水靠雨水，但很多人依然在那个恶劣之地坚守着，甚至他们搬迁到别处之后，一些老人还偷偷跑回那些种不出庄稼的土地上耕种，那只能解释为一种精神上的返乡了。像他像他女儿像我，我们依然想从那个有点偏远落后之地逃离。现在无论是以哪种逃离方式都很艰难，他说还没来得及跟女儿说。偏了偏了，我想把他重新拉回我所希望的讲述中，但在他越发的喘气与疲乏中，我不知道该怎么拉回。他们的旧城，或者就是我们的旧城，我们先入为主地感受着旧城，我们带着羡慕之情感受着旧城，这样会有一些偏离，甚至是背离，就像他讲述时的不断偏离，那算是真正意义上的偏离吗？那样的偏离里面，夹杂了太多与命运有关的东西，我们是在谈论命运，我们只是略微涉及旧城的命运。

命运的灼痛感，存在于旧城的某些角落。五叔出现在旧城的理由与他一样，只是他们所做的工作不一样而已。除了他和五叔外，在旧城里还有着很多像他们一样的人。五叔和别的好些人，在那个临时建起的宿舍里坐着，那是旧城的外围，那时外面下着瓢泼大雨。如果不是天气的原因，他们基本没有多少时间在屋子里闲聊休息。他们在旧城里重新改造电缆，有时他们也会离开旧城，出现在一些乡镇的山上，晚上又返回旧城。五叔又在微信空间里，发了一些有关群山村落的照片，有些模糊，能清晰看到一头悠闲自在的牛，抬起了头与五叔对视，某个草甸里牛羊遍布悠闲，一些密林，一只独自翱翔的鹰，村落错杂，自然的美，同样也是过滤化的美。五叔发这些东西发得越来越频繁，而有关旧城他好像从未发过。这里面应该是有那么一些矛盾的东西左右着五叔，我看到了矛盾感在面前的显影，只是有时连五叔自己也没有意识到。

我们见面时，感觉五叔很疲惫，他跟我说在旧城里接线时，不小心铲破了几个水管，不用他赔偿，但多少还是有些不安。我知道五叔的疲惫，不只是因为那几个水管，主要困扰他的是两个女儿，他经常为了她们的前途而无法安然入睡。五叔的大女儿也在旧城的那所高中读书，小女儿在另外一个小城读书，五叔直言压力很大。五叔恍惚了一下，不知道他的思想短暂地转到了哪里。那时我正和他闲聊，他神色一顿之后，不好意思地回过神来。我们的闲聊已经偏离了轨道，只是他自己没有意识到，我同样不好点破。五叔与他，由于诸多原因，产生短暂的恍惚。短暂的恍惚，对于他们而言，可以说就是短暂的休息。他们是需要一些时间，好好休息一下了。他们在外出务工的过程中，随时感受着那些无处不在的焦灼感。是有我一再提到的焦灼感，我分明清晰地感受到了它们的存在。

那是五叔的工友，两个，一男一女，我们一起谈论文学，我们在他们住的那个简单建起的棚户区谈论文学好吗？那时我们再次把一些东西过滤，其实我不好意思跟他们说有时自己生活在另外一座城市，以我自己的方式打开了那座城市，但于我而言那又不只是一座城市，那还是我在里面东奔西走时的既爱又恨的矛盾体。我不好意思跟他们说，在那座城市里，我们一起偶尔谈论文学的也就那么两三个，那时我们谈论的是作为一个边地写作者的困境与艰难，我们谈论阅读在写作中的重要，我们还偶尔谈论理想与自由。现在我们同样是两三个人，我们之间要谈论有关文学的什么，是不是谈论一些暗藏在低处的高贵（这里的“低处”是有必要被我解释一下的，“低处”没有任何贬义，他们不是身处于低处，他们最多只能是身处边地，旧城就是一个边地，但他们依然能在繁重的工作之余阅读，这已经足以让很多人吃惊，更何况在与他们进行交谈时，我竟发现他们似乎并没有遇到多少局限与艰难，有些我觉得尤其艰难艰涩的东西，在他们这里竟然迎刃而解）。我在想还有多少暗藏着的高贵。在他们面前，一些曾经的忧惧，已经不足为忧惧。他们躲入那个属于自己的密室，偶尔用阅读与写作对抗着一些东西。我感觉就像在镜子里看到了自己，一个让自己颓丧的身影，在我的背后，却是他们的从容不迫。我在他们身上看到了一个慌乱的自己，有那么一会儿我感觉到了心跳的加速与喷涌而来的沮丧。他们低调而谦虚地跟我谈论着文学，谈论得竟是那般深刻，我感觉到了来自那个有点褊狭局促的空间里的压迫，我刻意掩饰着内心的不适。他们同时敏锐地看到了我的不适，他们类似嘘寒问暖地关心着我，我说没事没事，他们说那下次再好好向老师请教，那一刻我更加羞愧不安。

现在，每每想到他们，每每跟五叔提起他们时，我就会意识到他们就是我需要反思自我的存在。在他们的身上，我没有感受到任何的焦虑感，这是我最羡慕的，即便有时他们生活的过程要比我更辛苦，他们需要付出体力，而贮存的体力总是不够用。我看到了一个又一个透支的躯体，他们在用自己的方式重新填充着它。他们两个一如既往地阅读，五叔选择了躺在床上静静地闭着眼睛，有关旧城外的那些自然那些牛羊那些密林，又如数出现。有时，我们是该回归到那个心灵的密室，那时我们可以暂时忘却并避让一些纷扰。

阅读随记：

《赫拉巴尔之书》。艾斯特哈兹·彼得著。

读艾斯特哈兹·彼得的《赫拉巴尔之书》，想起朱利安·巴恩斯的《福楼拜的鹦鹉》，都是向大师致敬的小说。对话，倾述，书信，做梦，天使以及天使的无力，安娜的作家丈夫的偏执与被政治体制捆缚影响的人性变化，没有多少故事情节的小说，片段性的思想堆积，但思想超越了一切东西。有时也想写一个向大师致敬的文本。我在脑海中找到了帕慕克，选择帕慕克的原因很复杂，主要是我遇见了让我爱不释手的《伊斯坦布尔：一座城市的记忆》，我在这本书的空白处写上了很多自己的思考，一些由这本书本身的东西所给我的触动，一些延伸的东西，一些思考的东西，那是被我不断重复着的阅读。让我倍感沮丧的是，帕慕克的这部我随身携带的书被水浸泡了一下，那些随记的想法瞬间只剩下没有多少意义的红色。红色洇开，在书本的空白处形成一些独特的图案，有好几天红色让我倍感惆怅也让我感到茫然。我通过那些还能被我模糊捕捉到的文字，回到了一座属于我的旧城，我深知我的旧城出现的缘由，我也深知我的旧城最终只是属于我，只是属于我的回忆，属于我的现在而已，与帕慕克的城市之间永远不会相同，我还是找到了两座城市所给人感觉上的一些相近的东西，像那些涌动的“呼愁”。最终发现，致敬的文本却迟迟没能到来，一直只是在想象中创作着，出现的往往只是让自己沮丧的一个又一个文本。现在的我，是异常沮丧的。现在的我，拿出了重新买的崭新的《伊斯坦布尔：一座城市的记忆》，并再次拿出了一支红笔。

三

【看守所】

一个建筑，它不只是建筑，建筑只是它的一个外在形式，它提供了一个由内往外看的世界。里面被关着的那些人，更多时间回归内心，回归思想，回归世界本身。对那些人进行这样的解读，可能也是误读，但我竟一次又一次原谅了自己的误读。它已经从旧城搬离，一开始许多政府机构在旧城里，很多外乡人来县城工作基本都住在旧城里，那时县城还没有扩建得现在这般大，记得旧城往下到214国道，下面基本就不再是县城的一部分了，那已经属于另外一个乡镇，现在那个乡镇已经和金华镇并在了一起。214国道往下，经过一大片良田，有一所职业中学，那时在雨季去往职业中学，路泥泞不堪，现在原来良田所在的地方建起了好些高楼，一些酒店，一些住房，一些政府机构，形成了一些城中村，城市已经扩建到了金龙河边，这是我们在旧城生活了多年的人从未想过的。

回到看守所，原址在电影院往下，原来的武装部对面，都是两层楼的木质建筑，由于李文丽一家就住在看守所内，我多次去过那里。提到李文丽，我又想把叙述在李文丽身上多停留那么几分钟。李文丽与我同一年来到县城，她的旧城与我的旧城应该还是有些区别，毕竟我在旧城里迷失，而她在旧城中清醒地活着。这里的迷失与清醒，在一些外人口中得到了广泛传播，她到旧城之后，我们之间开始有了一些微妙的隔阂，我们都深知如此，但没有把它打破，只是让那种隔阂化为距离并不断继续拉长，就像我现在一样无端拉长了叙述。后来我回到乡镇中学复读，她考到了我们州最好的高中，后来我在州府读大学，她就读于北方一所有名的航天航空大学，后来我去另外州市的一个村子教书，她在省城的机场工作。这里面有着一些无法避开，一眼就能看清的对比。我们都已经离开旧城，我们有了不同的人生轨迹，我们已经很少像小时候那种亲密地谈论着理想之类，毕竟她的人生轨迹与理想出现了惊人的平衡，而我的理想终究只是理想。

有关李文丽，就这样了，我们已经多年不见，我们也很少会去打听对方的生活。只是每次想到李文丽，我无法避开的依然是有关理想的话题，我想与一些人再好好谈谈理想与现实，感性与理性，我特别想谈谈的其实是一个人的双重性或者多重性。我正欲兴冲冲地开始对话，才发现前面是虚空的，没有谈话的对象，连自己都消失在了虚无中。我只好选择静默，我羡慕大地上的静修者，他们与天地自然之间的碰撞，并不是电光石火的，而是收放自如的，更是有着几分优雅沉静的蓝色火焰一般在摇曳的。

我在脑海中慢慢把有关看守所的印象拉出来，我只是看到它的外部，而李文弘去过里面，他的年纪比我小一些，那时我也有一种进去里面看看的冲动，进去里面看看的想法与接受教育之类没有多少联系。他父亲让他看看里面的那些犯人，是要让他接受教育。李文弘现在在一个乡镇派出所当警察，我们有时会聚在一起，更多谈论现在，而很少触及关于那片旧城的记忆。看守所上最醒目的是铁丝网，以及铁丝网围着的建筑被雨水淋湿浸透，湿滑的感觉会随时出现，让我有点替那些站在铁丝网旁看守犯人的士兵担心，这也只是多余的担心而已。

有一次见过犯人出来干活，在看守所的球场上剥着豆子，他们那群人一脸温和，从容不迫，我知道这样的感觉也是不准确的，但这已经足以对我造成强烈的冲击，我那想进去里面看看的强烈渴望，瞬间便淡化并消失了。那些建筑已经很老旧，那时就经常听人说起看守所要搬离旧城，后来才知道它彻底搬离了县城。现在的看守所，我去过一次，那是几个亲人由于砍伐古木被拘留了一段时间，为了去看望亲人，但没能看到，只能留了点生活费给他们，就离开了。现在的看守所与以前的看守所之间最大的区别，应该就是建筑本身，然后才是其他。建筑的新与旧，这是最大的区别。我们村有许多砍伐古木的人，曾被拘留在那个新的看守所里，好几个还被判处一年或两年的缓期徒刑，那些在看守所里待过的人出来的状态与进去之前迥然不同，有些人开始变得畏畏缩缩，有些人开始变得较之以前贪杯不知廉耻，还有人变得较之以前更寡言少语了……

这里说说发生在县城的一起案件。只是它已经被时间与尘埃湮没。现在已经很少有人会记得。那是典型的冬天，冰冷的夜晚，冰冷的早晨，那起案件从黑夜蔓延到了白日。那个夜晚，我刚好睡在在看守所工作的亲戚家。第二天早上，我从亲戚家出来，折朝右边往上走百米左右，有一群围观的人挡住了我的去路。那些围观的人，正窃窃私语，那些人的表情里布满恐惧，那是些已经变形的恐惧。从人数上看，我便知道有重大事件发生了。我拨开人群挤了进去，出现在眼前的是一条警戒线，那些撒到地上的石灰，把眼睛刺痛。死神在夜间舞蹈，那具躯体应该是在那片旧城的夜间，跳起了死亡的舞蹈。那起案件发生前，在一些黑夜，我通过看守所二楼的窗子观察着外面的那条街道。其中有一个夜晚（应该是案发那个夜晚），那是刚体验到阅读带来快乐与饥渴的时间段，我在那间简陋的房间翻开了一本书。我能清楚地记得那是九点半，是九点半，我还把闹钟定到了第二天的九点半，二者的区别只在于一个属于白天，一个属于黑夜。那个晚上，冰冷而安静，许多事物在我看来已沉睡，除了那些猫。我本以为只有那些猫醒着，苏醒的胀痛的情欲，让那些猫发出孩子般抽泣哽咽的声音。在夜间听到那种声音，不由得毛骨悚然。在那个夜晚，那些声音伴随着翻书的声音，显得凄婉而忧伤。我在漆黑的夜间推开了窗子，拿了一个废弃的东西朝那些猫丢去，希望把它们吓走，那些猫并没有被我吓走，反而显得更加躁动。半夜，我看到了从街道上走过的一男一女的身影，厚厚的衣服，且相互紧紧地拥着，我目送着他们拐入街角，才把目光拉回来，继续享受着阅读所带给人的愉悦与痛彻。我不断揉搓双手，我想在那个潜藏着危险与神秘的暗夜，继续打开那本发黄的书本，我希望通过一夜的翻弄，那些浓烈刺鼻的霉味能够得到消除。最终那股霉味确实消除了，那些霉味全部沾染在了我的手指上，黏稠、苦涩。那个夜晚，我发现了与手指之间的交流出现了问题，我的手指沉睡了，在我的不断揉搓中无法苏醒。当发现与手指之间出现的裂痕后，我突然发现身体的许多部分都已经悄然入睡，似乎是一个部分紧跟着一个部分慢慢沉睡的。我的灵魂再也无法驱散那些器官的睡意，我的灵魂也倒头沉睡。当我发现那具惨不忍睹的尸体时，我猜测那起事件应该发生在灵魂与躯体沉睡后面，或者在它们还未沉睡的时候就已经发生，只是灵魂和躯体已经无法敏锐地捕捉夜间的声息。我想到了夜间的那些猫，以及那对在寒冷的半夜还在街道上溜达的情侣，或者不是情侣。“应该是情杀！”县公安局的人断定。“应该是情杀！”那片旧城里的所有人都深信不疑。我却摸不着头绪，只觉得在夜间许多事物都很脆弱，在悄无声息中就被击中，击垮。我在县城读书那几年，那起案件依然在人们口中津津乐道，似乎没有任何破案的头绪，也有可能在后来案件已经告破。当我现在再次细细地想了想之后，似乎记忆与叙述的不真实开始汹涌，我不禁怀疑自己描述的是真实还是虚幻？

阅读随记：

《卡拉马佐夫兄弟》。陀思妥耶夫斯基著。

读陀思妥耶夫斯基，总会给人一种喘不过气的感觉，需要耐心才能抵达陀氏对于灵魂的层层盘剥，以及陀氏作品中充斥着的庞杂的灵魂摆荡感。时间与空间变得有些缓慢，空气的潮湿，人性的压抑，滞重的颓丧感，在那种具象化的潮湿中，我们的灵魂在篡改，我们的命运感开始悄悄成形。在阅读过程中，我感觉到了清醒的重要，我们要清醒地面对着灵魂，我们开始在阅读中开始一些重要的反思。阅读《卡拉马佐夫兄弟》的过程中，有一种熟悉的阅读感觉，那是在读《罪与罚》、《白痴》、《被侮辱与被损害的》、《人不单是靠面包而活着》（日记）等作品时所给人的那种阅读的冲击。被刺痛的心灵，需要疗伤的心灵。有时我们在阅读自己，阅读自己那些光鲜明亮之下的阴暗，阅读自己不断沉陷之下的犹疑与懦弱。凶杀案。天堂与地狱。人性与魔性。病态的群体。迷乱的灵魂的需要解救。对于灵魂的审视。有时我们都是灵魂迷乱的人。有些灵魂在老化、冰封、开裂、崩溃、分解。人与人性，肉身与灵魂，人在世界中的位置，等等。伊万与内心的幻象与内心的魔鬼的对话。还有诸多的对话。猛烈的撞击。超越了年龄时间信仰等的对话。每每想起那些发生在旧城的案件时，我就会想起读陀氏的感觉，或者是在阅读陀氏的过程中，那些案件会情不自禁地出现，有时我会去审视一下案件背后的一些东西，但很多时候，我都只是在猜测，我甚至会怀疑自己对于陀氏的阅读是否已经有所偏离。

四

【电影院】

这是新式建筑中的一栋，与旧城的许多古旧建筑之间有着强烈的对比，但它的新式已经成为过往时间的一部分，时间轻易就把新的变成旧的。这样的认识也未必是绝对的，在我们越来越需要往回看的现在里，我们又会在那些旧之中发现一些新的东西。发现一个新的微妙的世界，提供一些观看世界之道，又必须避免沉陷于自我之中。有时，我还是会情不自禁地就会来一次自我沉迷，甚至是一次神经质的自我膨胀，这往往发生在面对名利的诱惑与欲望的折磨之时。而那时，我内心可能失衡了，我又忘了经常告诉自己的内心要平静，相信一切慢慢都会变好的。

我第一次出现在电影院前，这个建筑与周围的那些民居释放出落寞的气息。那种气息，你只需要轻嗅一下就能嗅到。电影院在我的记忆里存活了六年，在我最后见到电影院时，它的真实意义已经被消除，我们看到的就是去意义化（“去意义化”也将在这个文本中适当被重复）的建筑。它曾作为旧城发展过程中重要的标志，但作为标志的时间很短暂，人们并不看重它的意义，这是原因之一。另一个原因是它占据了空间，人们不知道该如何使用那栋在当时比较宏大的建筑。不知道该如何使用之后，就把它拆除，拆除之后，在原址上建上别的建筑。电影院，给我的第一印象，并不是有关美的，而是有关陈旧混乱与死气沉沉的（这与我出现在那里的时间，恰好已经是建筑本身已经遭受到侵蚀与冷落的时候，当建筑本身的意义彻底消失之后，建筑的暮气就特别浓烈。如果是我来得更早一些，至少是在建筑的真实意义体现得淋漓尽致的时候，众多人涌向电影院，众多人的世界被电影院打开，那是曾发生过的，如果我也成为那些人中的一员，我的思想与肉身是否会避免过早染上沉沉的暮气）。你一靠近那个已经没有任何流水的假山时，这样的强烈感觉开始冲击着你，那里本应该是有一些喷涌而出的流水，缓缓落到假山上并从假山上流下去，流到一汪清水之中，现实狠狠地抽打了几下想象的耳光，想象遁去，现实如此：那本是一汪清水的地方，撒落着各种垃圾，假山上灰尘满布，那些灰尘经由长年累月的沾染之后深刻进了其中，你拿手轻轻擦拭一下，厚厚的一层。

绕过假山，依然是电影院门口，一些已经有很长时间没有打理的草地，它们集体释放出来的颜色有种瘆人的慌，同样垃圾遍地。然后看到的是好几天才更新的海报栏，新的海报稀少孤单，旧的海报在玻璃破碎的海报栏里被微风轻扯着。然后是建筑本身，钢混结构的房子只显露出陈旧的不安，略微有点失望的眼神与不安的眼神，在那里碰撞在了一起，对视的结局是失望的眼神躲闪了一下就背转回去，让不安的眼神落在肩上。有时然后就没有了。有时两种眼神碰撞了一下之后，还会继续往里走，碰见那个卖票的人，略微疏懒的卖票人，懒懒地丢给你一张票。然后继续往里走，在偌大空阔的影院里，只有稀疏的人影，一些时而有趣，时而无趣的电影开始放映。放映完，快速逃离。

有时不是去买票，依然往里走，从右侧的楼梯往上，抵三楼或四楼，可以借阅一些图书。借一本书，或者在那里待上一会儿之后，同样火速离开。现在再次回到原来电影院的位置时，原来所熟悉的场景已经消失不见。记忆牵扯着我，我会想想电影院里原来的工作人员，而让人有点惊悚的是，我只是见过那个卖票的工作人员，其他放映电影的工作人员，从未见过，在自己随意坐着的位子上看到了从背后射过来的光束，光束越过了我，投影在银幕上。那些从未出现，而确实存在过的人曾经的样子，以及现在的样子，是我感兴趣的，还有那个我们多次见到的卖票的人，也是我感兴趣的。我感兴趣的是卖票人的现状，不知道一个建筑的被拆毁且再没有被重建，对于一些人的命运产生了多大的影响？我也曾在生活中找寻着一些蛛丝马迹，有点失望的是，我无法找到有关那些人任何的蛛丝马迹，他们的存在早已被一个建筑彻底掩埋。

现在我在的位置就是原来电影院所在的地方。我有点哀伤。哀伤的程度暂且不表，哀伤的原因我总是无法说清，但一股莫名的哀伤感确实在困扰着我。有一段时间，每当深入旧城，我就能强烈感受到从内心涌上来的哀伤，我可能是为那些已经极具现代化的建筑哀伤。为了现代化的建筑而哀伤，这似乎是荒唐的，但有时是这样。当我一次又一次出现在这里，我终于明白了自己哀伤的源头。这里面没有任何偏执绝对的意思。现在，旧城的“旧”正在被覆盖，我站在了其中一个建筑物前，与原来的电影院完全不一样的建筑。这是一个复古式样的建筑，建筑旁边有一个音乐喷泉（这个喷泉的存在，总会让我想起那个假山，假山上同样也曾有一个喷头，但我从未见它喷出水），在喷发绚烂与极其动感的音乐声里，泉水不断往高处冲着，冲着然后迅速坠落四溅，四溅的音乐，四溅的水花。我揉了揉眼睛，望了望那些早已焕然一新的建筑，已经确定这是电影院的旧址。

电影院早就失去了存在的意义了。电影院早在我出现时，就已经只是缺了一些大字的地理标志建筑，那时我们用电影院指代地理范围，这是它失去了本身的意义之后，所具有的之外的意义，现在我们将用现代又复古的建筑“某某楼”来指代空间，原来的破旧、潮湿、杂乱被彻底覆盖。与电影院对等的原来的生活也是潮湿杂乱的，电影院前的空地一直荒于打理，虚无主义泛滥蔓延，杂草疯长，垃圾遍地。我也可能因为别的东西而哀伤，我哀伤于那些隐约的，略显陈旧斑驳却依然精致的消失。我移动了几步。青石板像楔子一般，井然楔在了一起，这与印象中的青石板有些不一样，那时并不井然，有些杂乱，好些地方不是青石板，而是鹅卵石。其中几块青石板铺就的地方，原来是游戏厅，房间狭小昏暗，让我想想，那个卖票的窗口从昏暗中探出一丝阴柔无力的亮光，亮光中或昏暗之中，一些模糊的暗影正在玩着一些简单的游戏。那时的游戏与现在的游戏相比，很简单，但简单背后同样是一群玩得着迷有味的人。很多人由于玩游戏而耽误学习，慢慢成为那些虚无主义人群的一部分，那个和姓同学就是其中之一。

我们一开始都努力让自己与游戏厅隔开，偶尔会看一场两场电影，我们必然要出现在那个窗口边，我们也必然会情不自禁就把目光探入窗口之内，那时我们还充分保持着对于陌生世界的好奇心。我们都把头微微斜靠，在那昏暗的霉味中，一些年纪与我们相仿的人正叼着烟，吞云吐雾、不可一世，让我们既惊奇又恐惧。我们相互对视了，我们都突然明白，我们渴望成为他们中的一员，只要尝试一下就不会后悔。我玩了几次就不再玩了，对于新奇事物的兴趣，并没有持续下去，这也让我得以从中迅速抽离，而和姓同学把兴趣继续保持了下来。他叼着烟，和他们坐在电影院门口杂乱的草地上，初中还没有毕业就辍学回家。在那之后，基本就听不到他任何的信息了。有多少人，是以和姓同学一样的方式从我们的世界消失的，我们没有经过任何统计，能肯定的是很多。我再想想，我买了一张电影票，卖票给我的是一个微胖的中年妇女，面色凝固，动作机械。我匆匆从她手中把票接了过来，我想不起看了一场什么电影。我看到了卖票窗口的彻底关闭，看到了在县城里游荡着的宣传新电影的声音消失，电影院成了礼堂。

在电影院改成礼堂之后，我在里面参加表演了一个节目，一个小品。我的造型丑陋不堪，故意低着头，驼着背，为了让驼子形象明显一些，我还在背上放入一团衣服，没想到这近乎弄假成真。那次带着戏谑意味参与的表演，正是多年后自己的一部分真实。我现在也习惯低着头，背已经微驼，时刻感受到来自生活的压迫与某些类似灵魂丧失后的变异感。与和一样，我们在那时从未规划过自己，我们总是被一些东西裹挟着，让我们失去了自己，让我们有时连谈谈理想的想法都没有。

阅读随记：

《玻璃球游戏》。赫尔曼·黑塞著。

一个具有文学意义的独特传记。生命的痕迹。生命的轨迹。克内希特内心所受到的来自高尚的灵魂、繁复优美的音乐等的冲击，不断拓展内部世界，内在与外在的平衡，一个圆形或者是椭圆形的生命轨迹，而不是线性的一往无前的。唤醒内在的生命，寻求静谧，拒绝粗暴，让静思默想的生命在体内生长，并生长成一片丛林。内心图景与风暴似的东西。精神危机。现实危机。从内到外。音乐大师。游戏大师。隐士。仆从。兽性与魔鬼。与迟钝麻木、拘束不安的对抗，而反复强调的静修是其中的一个方式。道德秩序所给精神世界带来的平静安宁。自我审视的必要。冗长却必要的思辨。生命的意义。理想国，乌托邦式的生活，外部世界的声音渗入，撞击着灵魂的耳膜，然后被打破。世俗的东西，尘世的欲望、梦幻与现实，对灵魂所造成的震荡。冷漠，傲慢，残弱……在个人主义淡化与被控制消磨的时代，我们习惯了迷失自己而从属于乌合之众疯狂的荒诞的思想意识。独立与思想与精神的重要。精神之书。无论是在电影院，还是旧城的别的角落，我们慢慢被塑造着，那是我们最容易被塑造的年龄，我们也在关注着独立与精神的重要。我们的精神之书，我们在成长过程中的其中一段的自传，至少自传性质很浓。提到精神之书，提到旧城，我偶尔会有这样的希冀，希冀关于旧城的这个文本也是一部精神之书，众多时光作用背后的一个又一个人的精神之书，精神背后的命运之书。

五

【U字楼】

县一中里面最古老的建筑，现在已经被修缮，断代史的一个标志性建筑。在面对着这个建筑时，想象遇到了很大困境，我不知该如何继续想象。建筑直逼现实。有关人类的蛮荒与建筑的生命力间，有着一些微妙的联系。现在提到这个建筑，我们可能还会提到人性的丑陋，建筑的美感，时间的复杂，等等。人性的丑陋，这可能是一个隐性的触及，我们可能会因为这样的建筑，想起时代感与人性之间的联系。这是幸存的建筑，除了这个建筑而外，在这个原来的某些建筑的旧址上再没留下什么了，呃……还是留下了别的一些东西，留下了几棵古木，几棵粗大的松柏。很多时候，我们更喜欢来到那些古木之下，为了被古木的生命力荫蔽和滋养一下我们那稍显脆弱的心灵与生命。

我还会提到的是在这个二层古建筑的某个房间里，那时你需要穿过吱嘎作响的过道，进入一个幽暗的世界里，里面有个女的正弹奏着吉他，并轻轻哼唱着一些略微忧伤的调子，那是属于青春期的忧伤与困惑，有时还有建筑本身的忧伤。如果硬要说有忧伤，那是属于一个群体的忧伤。关于那个女的，其实印象已经很模糊，但斜挎着吉他的身影又若隐若现，我的思想突然停顿了一下，到底是长头发，还是短头发？应该是短头发，不对不对，应该是长头发，不对不对，应该是……

现在，来到建筑前面，你将发现修缮一新的建筑成了教室。我的心境也发生了一些变化，一时无法厘清。我在想那些曾经在这个建筑里住过的人群，多少人已经去了幽灵之国，多少人还在这个碌碌人世间苦苦挣扎，多少人还愉快轻松地活着？这样的想法无疑有些勉强，有点点偏激，似乎不应该出现，只是它已经有点荒诞地出现了，可能其中几个还与我有些联系的人会出现，有些人注定不会出现。你们在世界的何方？而建筑依然存在着，比以往更稳固，我从过道上走过，我不用小心翼翼地担心会发出哽咽一般的吱嘎响声，吱嘎响着，像极了一些人的生活，像极了我某些时候的心情。一些我们无法避免的失去与颓丧，面对着这个建筑时，这样的感觉尤为强烈。

他说在他的家乡，那一年飞来了几只天鹅，我们交谈的地点是旧城中的某个建筑之中，他在旧城租了房子，租住的理由是为了更好地学习，以便更好地离开家乡，离开这片旧城。我回忆了一下，好像真不在U字楼，只是我们类似的交谈闲聊也曾发生在了U字楼。我们很多人必将彻底离开，无暇回来。我还是有时间重新回到旧城，并出现在那些我们畅谈人生理想的古建筑前，只是偶尔才会重新进入其中，我无法想象重新进入其中后，会是怎样复杂的心情。我们是特别激动地提到了家乡，我们并没有把旧城作为自己的故乡，第二故乡都算不上，这里面有着一些微妙的东西在起着作用，其实我们也想过能被旧城接纳。在一些方面，我们与五叔有着惊人的相似，在思想深处我们太怀念那些可能已经变成记忆的东西。

在谈论家乡时，我们会忽略自己在旧城中生活的状态，这是我们无法轻易忽略的，毕竟生存感无处不在。生存感，我们需要去食堂赊饭菜，那时媳妇的三叔在那所中学里开了一家食堂，多次被他追账。那时竟也经历过一些类似东躲西藏的生活，我们有意在食堂里避开他，他也只是在食堂里看到我们时才会追账。多年后，娶了媳妇，与他再次见面时，我们都应该是想到了那时的一些事情，我们相互看了一下，有一点点尴尬。现在的他，已经不在学校里开食堂，而是在旧城外的新城区开了一个回族食堂，生意不错。我们避开了那段食堂生活，我们直指现在。暂时把三叔放在一边。暂时把旧城放在一边。继续作为一个聆听者来听听他的讲述（我们就在旧城里多次进行了这样多少有一点点突兀的讲述，有时我们总觉得自己应该要多谈论现在，而不是经常沉浸于记忆中无法自拔，那时我们的年纪还轻，正是有着义无反顾的想法的年纪，但现实并不如我们所想）：

在我的家乡，就只有那么一次出现了几只天鹅，它们每天在池塘和坟地间往返着，我总觉得随着天鹅的飞来，还将会有一些鸟类飞来，可能会有一些野鸭飞来，白鹭飞来。成群的鸟类的出现，将会是一个怎样喧闹的世界？这是我曾经在一些时间里所想象过的世界，那时我感觉随着天鹅的飞来，我想象的能力也将回来。后来，村子里的一些人起了歹念，去捕猎了几次，它们受到惊吓之后就飞走了。随着天鹅的飞走，且直到现在还未再次回来之后，我的想象能力又一次遭受剧烈的衰退。

他的讲述就这样停了下来，我们都觉得还不够，讲述应该远未结束，他才把我们从旧城里暂时攥了出去。能吸引天鹅飞来的世界将是怎样的世界，这是我们特别好奇的，我们县很小，但我还没有去过所有的村寨。那么多的村寨，依然有着各种可能性。他的讲述，我们丝毫不怀疑，我们只是略微表达了对于他的讲述的不满。（那是后来，我们去了他的村庄，他指给我们就是这个水塘，它们就在这个水塘里嬉戏玩耍一番，然后飞往对面的那片墓地，他们村寨的坟墓几乎都集中在了那里，它们就在那些坟墓前面步态妖娆地行走着，没有我们想象中的那么美，我们一度想不明白天鹅为何会出现在那里。它们就从墓地那里往下的河谷里飞走，那是某条大河的支流流淌汇合的纵横交错的河谷，它们消失在了天尽头，就是那些群山连绵的尽头，我们朝他指的方向望去，混沌的雾气，群山隐去，那它们就是坠入了不可知之处）

我们是要听听他家乡的自然之美，我们是要听听引起共鸣的对于自然的关注与沉迷于自然之中的过往。在一篇作文里，我写到了自然，那个女老师委婉地提醒我，写得太空了。自然之美，确实就是在那里，但我感觉到了笔端的无力与沮丧。我在旧城里打开了那篇作文，再次读了一下，确实太空，确实与眼前的那些工匠精心雕刻的自然之物，有着天壤之别。他在讲述时，我想起了老师对我的委婉批评。我是需要好好观察一下自然。我们只好悻悻地回到了旧城。在这片旧城里，想象力在一些细微的事物上溢出，我们会因为一个刻镂的动物或植物，而让想象的空间不断扩展开去。我们回到了眼前雕刻的世界，里面有着对于自然之物的迷恋，迷恋所带来的某些局限，以及迷恋所带来的某些方面的开阔与精致。那些雕刻的窗花、鸟兽、虫鱼，我们根本不会去怀疑雕工，雕工摆在了我们面前，即便有好些无名的工匠不知道混迹于世界的某个角落，你一开始会恍惚，在那样小的一个旧城里，也会有那种让人为之一动的艺术在诞生在沉淀，并镌刻于时间与记忆之中。这里面绝对是有那么一些对于一个世界艺术气息的拔高意味，也是最应该避免的无休止地对一个世界的美化。在面对着其中那些雕刻的东西时，我再次抑制不住这种多少有点虚高的主观情绪的介入。我们对那些雕刻的物与自然之间的联系，在人内心里面的投影特别感兴趣。那里面有一些我们正在丧失的东西，是我们正在缺少的对自然的关注。在那些建筑上面，我们看到的是对自然的关注。

阅读随记：

《存在主义咖啡馆》。莎拉·贝克韦尔著。

存在主义咖啡馆：自由、存在和杏子鸡尾酒。莎拉·贝克韦尔。从咖啡馆开始。在什么样的建筑之内，尤为重要，就像提到咖啡馆和酒吧是完全不同的感觉，这就像提到古老的建筑与新式的建筑是不同的感觉。存在主义。现象学。现代困境。思考的力量。存在主义最为重要的自我质疑与自由与反抗的精神。自身精神的构筑：个人思想的独立与自由，对于平庸的抗拒。一群反抗的人。一群人背后的众多思想与对自由的注释。自由的重要。内心在面对着世界的尘嚣与现实的残酷时的庞杂与烦乱，以及不停地追寻着精神与思想存在的意义，不断去探寻那些未知之处，不断去寻觅精神的安宁。我们内心深处所随时闪现的流浪者感觉，有时所拥有的由不安定带来的不安感。对思考的呼唤，沉思的日渐繁盛。专注思考的同时，被时间背后的人性所侵扰，一切又变得有些局促不安。个人异化的存在意识，人类尴尬的生存现状，在忧郁与焦躁中进行精神的漫游，一直在寻找对抗的力量与途径。我们是谁？我是谁？存在之惑，那些弥漫于哲学家思想和肉身的幻灭与困惑感。麻木之后的刺痛，对于世界的感觉的日渐麻木。在存在的迷雾里来回奔走。人类境况所具有的模糊性，有时丧失真实性。人类个性的艰难存留。逃离，抑或其他。把我们放置在世界的中心或者边缘之时，我们又是谁？我又是谁？幽暗的黑森林里的自由之路，密林之内的坟墓，有时需要返回内心深处。“人性、人、心灵、灵魂或意识。”我们被抛入纷繁复杂的世界之内，我们是个人（沉思性心灵）的同时，一些时间里我们也成了一个群体（平庸的灵魂）。

六

【探路者书店】

一个极具独立性的书店，但这也仅限于记忆之中，当我现在重新进入其中时，有些伤感，这个作为实体的书店所遭受的冲击太大了。很多书店的一种现状。现在的探路者书店里，充斥眼目的是教辅材料，店主的儿子正安静地做着作业。我羡慕那种状态，我希望能拥有类似的阅读状态。安静地做作业与安静地阅读。那时店主不在，店主是一个有文化的人，他编辑了一些关于旧城建筑的书籍，我看到过那些书籍。如果那时，店主在探路者书店的话，我要和他谈谈，我知道自己要跟他谈些什么，谈书店所遭受的冲击，谈书店在一个旧城中接连消失背后的诸多东西，他一定是和我一样感伤的。他不在，在那之后，我多次经过探路者书店，多次朝里面看，看到的依然是店主的儿子一如以前所见的安静，还看到店主的媳妇在织着毛衣（一直在织着，似乎一直在织着一件永远织不完的毛衣）。他就这样消失了。

店主曾在旧城的另外一个角落开了一间书店，专卖旧书。那个旧书店开了不长的时间后，就不再卖书了，卖别的日常所用的东西，会有这样的感觉：一个空间之内，完全两个极端的物，像我这样经常来旧书店的人需要一段时间来适应。除了探路者书店，那时还有一些书店，那时能在旧城的那些书店里遇到川端康成、张承志等作家的书。雪国。古都。千只鹤。清洁的精神。荒芜英雄路。还有一些让人印象深刻的书，那是一些会让你的思想，突然拥有自由感觉的书。在那个旧城中，遭遇了几次能数得清楚的阅读事件。现在在旧城中到处游荡，已经没有几家书店，而探路者书店是坚守下来的为数不多的几家之一。

我们隐隐看到了探路者书店所遭受的冲击，店主在书店旁边的房间里卖过磁带，现在还卖一些年画、民族布鞋等东西。探路者书店在我心里并不是唯一的，它只是那些众多书店中的一个，现在它成了唯一，它代表的是一些已成过往的精神与独立，它代表的是旧城在缓慢时光中的一些人的阅读状态。

一个老人坐在了某个药店前的条凳上，津津有味地看着书。我从探路者书店前走过，匆匆朝书店里面扫了一眼，那时就只有店主的儿子，店主以及媳妇暂时从那个角落里消隐，可能是消隐到书店背后的古建筑里。我匆匆扫视了一下那些书，便不再进入其中而是回去了。在回去的路上见到了那个看书的老人，一本旧书，一本古书，这还是有些区别。我不忍扰乱了那样的气氛，单是那样的阅读行为，就无法让你轻易去评判。只要一评判，就可能是粗暴，那就让他继续沉醉于阅读带来的愉悦之中吧，我没有哪怕走近他一点看看他读的书的书名是什么，其实这早已不再重要了。

我从表哥家出来，口袋里装的是三四十块的生活费。我暂时不回学校，我的目的地就是探路者书店，我要在那里认真挑选一本书，时间的缓慢与焦急在那个空间碰撞混合酝酿，希望在不影响一个星期生活的同时，能拥有一本让人激动的书。是挑了一本。这样的情形，在那几年的生活中经常发生，书本的不一样又让那种貌似重复的行为，有了完全不一样的东西。

我们就在旧城中，开始了最初的阅读。那是最好的阅读状态。那是阅读最好的时间。我高中毕业那年，抬着一箱子文学书籍出现在表哥家，汗水滴落，表哥看着出现在他面前气喘吁吁的形象感到很诧异，表哥都忍不住怀疑那些书籍的来处。

李良忠在租住的一间房子津津有味地读着《史记》，房子外面是哗哗流淌着的河流，那时的河流洁净流量大，根本不会给人会枯竭会变得肮脏的担忧，那时一些人在河里洗菜，现在流水哗哗的情景消失了（其实在雨季，这样的情景还是会出现，但河流已经没有多年以前，给人的那种永远不会变得脏污的感觉，时而洁净，时而脏污）。伴随着我们的离开，在我们很多人忙于生活的庸碌无为之中时，一些东西早已变得不一样。李良忠叫我们在楼下等他一会儿，他说要把书中一个有关刺客的传记看完，他说里面牵扯到了命运感。我们第一次谈到了命运感，也深知命运感的捉摸不定，但只能跟随着时间进入命运的涡流。

我们就静静地在天井里等着他，流水的声音尤为响亮，我们通过声音就能听出河流的洁净，就像现在我同样一听就听出了曾经的护城河流量的减少和水的时而污浊。李良忠一脸激荡地下楼了。现在我总会怀念那时的阅读状态，在这个文本中，阅读因为这样的原因，将成为创作的一个重要部分，它以“阅读随记”的方式出现。“阅读随记”，或是与前文，或是与整个文本间有着貌似无关，实则割裂不开的联系。我在阅读与回忆和现在之间找到了一些暗合的东西，一些互补的东西，一些互文的东西，一些能相互解释的东西。

不知道李良忠现在还坚持阅读与否，那时的阅读对他是起到了不可替代的作用，那将是对他人生极为重要的濡染渗透。他在职业高中读了一年之后，由于各方面突出，被县一中破格招去读正式高中，仅此一人。他在跟我们谈论《史记》时，他说自己受益于那样的阅读，那成了他阅读史上的一个事件，也是他人生中的一个重要事件。在看《史记》时，我会随时想起他，我在假想他那时津津有味读着的是哪些段落。现在他成了一个商人，我们偶尔见面。前两年，他回到家乡，种植了大量的中草药。有一天，他打给我电话说在州府还做着一些生意，说有时间在一起聚一下。过了好长时间，我们依然在各忙各的，其实我还是特别期待两个人的见面，经过了这么多年，我们双方都发生了变化，我甚至期待会不会冷不丁就提起当年的阅读，冷不丁他就把当年在出租屋里阅读时的复杂心绪袒露。那时，我们都在用阅读对抗孤独（一些真实的或只是我们美其名曰孤独的东西）。像李良忠，很多时间里，就他一个人住在那个出租屋里，他应该是有一些孤独。那时我们都可以算是远离故乡，举目无亲，在那之后多年，我在另外一座城市里租了房子，我会经常莫名感到孤独，有时还会莫名地对死亡与意外感到恐惧。在这样的情形下，阅读就变得尤为重要。

那些出租屋，成了我们的密室，我们在那些密室中完成各种旅行，我们走出那些密室，辗转各地，变换着各种身份，进入各种房子，进入各种密室。直到现在，李良忠和我们还没有聚一下，反而是和他哥聚了一两次，我们谈到了李良忠，只是轻描淡写地谈了一下，我唯一能了解到的是李良忠一切安好。

阅读随记：

《有人在周围走动》。科塔萨尔著。

在由三个中短篇小说集组成的书里，关注的是人们的失忆，在现实之中所偶尔出现的失忆；人们的梦境，最终无法说清梦境与现实的关系；那些爱的幻梦，爱中游离的灵魂，爱中的孤独；人们内心中那些微妙的孤独，以及随处可见又无法避开的孤独与迷乱；恐惧的现实，现实所给人带来的恐惧；游戏，叙事者的游戏，但又不只是游戏；内心的欲望，以及欲望实现之后的迷失与拯救；旁白，对于书本故事的篡改或解读，阅读者，介入者，创作者，一个人在爱恨纠缠中对于自我的无法轻易把握……我们在其中读到的是那些生活的缝隙之中，灵魂的缝隙之中的那种孤独感，尤其让人会为之动容的是在失去空间感与时间感中走动的人，一种漫游，一种煎熬。我们又何尝不是那些在夹缝之中孤独而慌乱地生活着的个人，个人的命运感，我们无法安定下来，我们的灵魂无法真正变得安宁，我们成了喧闹与无法安宁的一部分。

七

【改造的旅馆】

现在已经是面貌一新的客栈，原来的样子（准确些，就是改造之后的样子，也即这里提到的“改造的旅馆”，我所见到它最初的样子是一个典型的古旧民居，与我在这个文本中要描述的那些众多的古建筑没有太多区别，当然区别是有，它们的区别往往表现在内部。它的原初是一个古民居，如果继续把时间往前推的话，可能它不是民居，而是其他，旧城本身就是经过这样多次层叠一般的改造之后的现在。在这个文本中出现的物事人将是层叠的，模糊体、堆积物，都很难找到明晰的线条，也都是无法轻易定义的。这是无法轻易定义的旧城，是一个似乎有所指又无所指的旧城。我不知道这些模糊，是否也是另外一种的明晰与确定）有着一种在野的意味，一些木板，一些树皮，一些茅草，还有别的一些从野地采撷回来的植物，稍显突兀，但我们那时并没有这样的感觉。我们在那个古桥上望着那个独特的建筑，就是在古建筑之上再覆盖上一些貌似古旧却有生命力的东西。在那些循环往复着的生命面前，我们会沮丧地感知到自己的乏力。

我在脑海中回忆着，客栈老板的样子，但我想不起任何有关那个老板的蛛丝马迹，那应该是一个不修边幅一脸络腮胡的人。在想到这样的形象后，我不禁偷偷乐了一下，也只有这样的形象才与当时的客栈之间有着完美的平衡。我继续想象这个老板应该是一个活在童话之中的人，那也可能是一个女人。想象不断被推开之后，我对这个旅店老板的兴趣便越发浓厚了。但老板一直躲在暗处，一直为时间所遮蔽，我无力把那些笼罩的重重浓雾拨除，那人也就越发神秘了。

由这个神秘的人，我们轻易就会想到很多像这人一样神秘的人，是我们自己在制造着这样必要的神秘。有时候，我同样也会痴痴地想想自己于一些人而言，也是一个神秘的存在，但更可能是没有多少人会去关注我，这才应该是最为正常的。冷漠，无聊，毫无必要，陌生，僵化，这些词在用于表达世界之内的那种空气是准确的。在这个文本中出现的很多人，便是被这些语义繁复却准确的词汇锋利地刺痛着，直至刺得麻木，沉默，抑郁，颓丧，失败。

我再次出现在了那个客栈前面，依然没有见到老板，这样也在一定程度上得以让我继续发挥想象。改装之后的建筑，不只是因为突兀而让我们感到新奇。在我们的记忆中，总能脱口而出这么一个极其大胆和有想象力的建筑，只是不知道会有多少大胆的人入住其中，那时旧城的落寞和保守与这个建筑不相称，但这确实已经给了我们太多的想象空间（一个客栈能靠想象存在吗？这是一个问题，改造的旅馆最终的消失，也说明了想象与现实之间的距离，现在的客栈不再像以前那般让人只敢远观）。一些自由与勇敢的气息释放着无限的魅力，也可以说释放着无奈的气息。那时这个建筑在我们看来就是大胆和另类，我们只是朝里面望望，那是用猎奇的心态望望而已。猎奇的激情消退，我们也就不再有意去关心这个建筑。那是后来才又去关注它，那是它突然消失之后。又让我们有了一段时间的胡思乱想，有些人会谈论在那个旧城里，是不适合那种想象力的生长，有些想象力只适合在体内生长。

这个建筑与其他建筑一样，无法逃脱某些力的控制，它经历了一次回归，回归成了现在的模样。一个修葺一新的民居，古旧的气息已经淡然消失，在野的气息也荡然无存，里面种植的那些植物与原来扑面而来的植物是有一些区别的，你只需要把感觉的敏锐发丝渗透进去，区别就不再是那般难以分辨。我离开了这个曾经被我以我的方式标注的“古建筑某某号”，进入了另外一些建筑，那些曾经被标注的建筑里熔铸了我的一些复杂的情感与经历。

我为没能在那个旧城中租住一间房屋感到遗憾。我到底有没有在里面租住过房间？这样的疑问也会在一些时间里纠缠着我。我是希望经过记忆的篡改，让自己短暂地拥有那么一间房屋。记忆的漫漶，以及内心的漫漶，让一切明晰变得模糊，有些时间里，自己又极其迷恋这样的模糊。我记得很清楚的是，自己在旧城里到处奔走着，只是为了租住一间房屋。

把记忆放入奔走的时间里，慢慢回走慢慢推进，我可以肯定的是自己并没有在其中租过一间房。如果记忆中租了一间房，那是另一个我在旧城中租的。另一个我，对于那些房屋中释放着的落寞气息竟然有着病态般的迷恋，他竟相信只有在那种有着霉味的气息的浸透之下，肉身才能更加健康地成长，精神亦然。财仁、福东、仲华都在旧城里租了房子。他们不需要让另外一个自己来租住房子。

到周末，我会去找他们。在那些租金低廉的房屋里，我们让理想主义的因子聚集并呈汹涌之势泛滥。我们乐于被那些貌似可以抵达的理想主义攫取。是提到那些有时真实有时又虚无缥缈的理想时，我们又开始把租住房子本身遗忘，其实也就只有在我们初次去租住房子时，才会计较房子的好坏。我们在到处寻找空房子时，发现那些空房子之间的惊人相似，我们只需要挑挑房屋主人的脾气即可。我是曾兴致勃勃地找了几处，由于表哥的阻拦而没有真正租住。这也真正宣告了我并没有在那里租住过房间。

一直纠缠于这个事情有多少意义？我是曾与另一个我进行了对话。在与另一个我之间的对话，经常会在很多时间和空间里出现过，在这片旧城也是如此，还曾经在那个世界的世界之中频繁地出现过，而在这片旧城中出现时，争论较之往常已经不是那么激烈和偏执了。两个我，不再那样鲜明地对抗着，而是更多杂糅在了一起，而是相互妥协了，双人舞变成了独舞。那时理想主义是超越了物质主义，我们对物质主义还未如现在这般强烈敏感，那时理想主义让我们沉潜下来，渴望能去往别的城市，或者是别的空气稀薄风景绝美之地。那些理想基本已经实现，即便我们几个之间现在已经变得如此不同，但与那时相似的依然是坦诚、质朴与相互信赖。

现在仲华在一个大医院里上班，经常要动一些手术，他正渐渐把生命看轻或看重？我一直想问他这个问题，又觉得没有问的必要了。福东大学毕业后去了北京。在旧城读书时，福东是一个痴狂的阅读者，印象深刻的是他端着一碗饭的同时，前面还要放上一本书，他在北京的一家公司做了一段时间的网络安全，后又被挖到另外一家公司做网络游戏。那时的他给人的就是对于阅读很痴迷的样子，福东抬起了酒杯，神色有些惊讶地说真是那样吗？财仁在一所高中任教，已经教了五年高中，他大学毕业后本可以回到县一中教书，但可能是厌倦了旧城幽暗潮湿压抑的气息，而放弃机会重新考到州府的那所高中。

我们几个人会经常谈起在旧城中的时光，在看到当时的理想与现实之间的距离时，我们都觉得现实已经远远超过当时的理想，这也说明当时理想被我们定得有些低，也足以佐证那时我们对于现实的渴求有些低。有时我们会在各自忙碌的闲暇里，把视频打开，视频聊天，并在视频中打开一瓶白酒，在视频里干杯，直到喝醉，直到感觉到了世界的尽头，这时我们更多关注的是现在，我们要为了现在而努力着。福东说已经受不住北京的雾霾了，他再待上几年，再赚点钱就会回来。会不会回到旧城？他说会，但只会是回到那里回忆并祭奠一下逝去的青春，总觉得旧城太小了点，已经很难容下自己的灵魂。只有在旧城，我们才会意识到灵魂的膨胀，以及让理想主义彻底泛滥。

那时我们真就是一群理想主义者，没有把很多东西看透，只是由着自由的幻想朝理想挪动，我们一直在艰难地挪动着，慢慢被冗杂混乱的世界所改变。我们惊人地发现了自己已经变化很大。旧城的变化虽然迅疾，却远远没有跟上我们的变化。财仁曾多次跟我说起约着回旧城看看姓牟的班主任，财仁还经常提起另外一个老师，那个突然染病去世的还很年轻的老师。还没有成行，每次在提起这些人时，我们便有了复杂的人生况味。开剑，我们通过现代的媒介偶尔相互关注着，还有很多人，我们都是以各种方式偶尔关注着对方，“偶尔”是由于我们都很忙，或者是因为其他。经常看到开剑到处行走着，一些我们所不知道的因由在支撑着他进行着近乎行为艺术般的行走。众多人的出现，众多人的狂欢，有时众人消失，只剩下他，或者只剩下他在观望着自然。有时他再次回到了旧城，一个人观望着旧城，而一群人时，他们关注更多的是自己，那时旧城就会从他们的世界中消失，世界变得很像，世界变得貌似很平庸。那时我们并不具有怀疑论的世界观，现在才意识到有些怀疑的重要，那时我们没能对人类命运进行任何评判。我们这几个人会不会相约着来到旧城，看看很多正变得空落的建筑里，还有多少我们熟识的人？我们会不会感觉到一些挥之不去的尴尬与窘迫，正困扰那些人的同时，也在困扰着我们?

阅读随记：

《孤独的城市》。奥利维娅·莱恩著。

孤独之书。在城市中孤独地生活着的人。发现孤独的无处不在。敞开的世界之内，一些神色有些尴尬的人，那些潮湿阴冷的角落，神色被时间的潮湿阴冷影响后的僵化。那些与孤独对抗的艺术家，那些成为孤独的一部分，或者是孤独成为他们一部分的艺术家，他们身处的世界，散发出孤独的铁锈味，浓烈而刺鼻，思考孤独、感受孤独并表达孤独，他们创造力的延展与作品的特异，异常强烈。孤独制造了某些艺术，以及如艺术般的人生。一些人在自己周围竖起高墙。一些人内心的图景，内心的冲突，有关孤独的繁复感受，更多是一些不断被扯成碎片的感受。孤独感的深重、潮湿与发霉，孤独感所带来的毁灭性，那些看不见的菌斑渗入孤独。那些潜藏在日常生活内部的孤独，那些无处不在的孤独。一些怪异的人群。城市中生活着的孤独的人群，属于个人的孤独，属于城市的孤独，属于时代的孤独。有些孤独为失去、流离或偏见而生。有些孤独为艺术而生，有些孤独因偏见、妒忌而生。当孤独消失。孤独感真能消失吗?

八

【福利院】

这应该是旧址（那新的福利院在哪里，我没有去问任何人，我在旧城中到处穿梭的过程中，没见到“福利院”这样的字样）。其实我分不清楚那到底是不是福利院。我没有去认真核实过。那就姑且算是一个陈旧破败的福利院吧。还有多少人会进入其中，把它的功用承继下来。岳母朝那个建筑指了一下：当年你爷爷退休时，他们要把那块地给你爷爷。岳母说的是建筑旁的地，我偷偷地不露声色地在心中掐算了一下那块地的价格。

在一些人口中，我听到了类似福利院这样的字眼。我停了下来，朝那个建筑认真看了几眼，没有进入其中，那里草木丛生，一片自然繁盛的样子，已经没有强烈的渴望去了解建筑的真实，我也意识到自己很难轻易进入其中。想象在作怪，我竟觉得靠想象就可以了。我可以通过想象进入建筑的内部，可以进入建筑的每一个细微处，这样的自负在这里没有付出任何代价，或者一定要说有代价的话，就是我到目前为止还没有真正认清这个建筑。

现在，我在另外一个地方，隔着旧城的这个福利院好几百公里，我想把它描述得更为准确些，但依靠想象无法做到。福利院，严格意义上讲，它还不能算是遗址，它还一直坚持着它的功用，一些人会给那些出现在里面的人救济一些东西，像衣物饭食之类。现在，里面就只剩下一个人，一个已经忘记了自己出生地的人，一个已经慵懒得不去刻意收拾自己的老人。只有很少的人见过他，他经常会出来，在那些丛生的草地上躺着晒太阳。他没有任何惧怕丰茂自然的意思，看到那样的杂草丛生，我经常想到的是一些躲在暗处的生命，像蛇，像老鼠之类。有时我会有种怪异的想法，他自己就如蛇如鼠，他找到了一个适合自己生存的环境，在这样的环境中舒适地生活着，多少人又愿意离开。你与他对视了，他的目光是有些如蛇如鼠。我不敢轻易就像他那样躺下来。而他就那样躺在了那里。也曾有人过来劝他离开那个建筑，他诧异且有点恼怒地跟来劝他的人说：离开这里我将去往何方，我已经来这里住了那么多年，还不曾有人赶我走。那个负责劝解的人一听是有几分道理，打了几下哈哈之后离开了那个建筑。

据说，来劝解的人是逃也似的离开了，再没有回来过，他在走之时放下了狠话，很快那个建筑就会被人推倒，推倒之后的土地上将会建起一些别墅。直到现在，那人略带威胁的话语暂时还没有成为现实，但所有人都相信，迟早会成为现实。那人与那个福利院，那个福利院与疯长的植物与思绪，终将会成为逝去时间的一部分，也终将会被人彻底遗忘。我们都觉得是应该这样，我们看过太多如兵籘一样的消失。

爷爷曾在旧城当过镇长，我们会在回忆他的过程中经常提起有关他的一件事情。这件事情，我们已经谈论过好几次，语气里还是多少有些遗憾的意味。爷爷退休后，那时政府说是给爷爷一块地基，但奶奶不想继续在那个小城里生活下去，他们便没有要那块地基，而是回到了离旧城很远的那个乡镇生活直到离世。奶奶做出了这样的决定，让我们感到很吃惊，更让我们惊讶的是爷爷的表现，他毫不犹豫地回去了，并毫无怨言地在乡下终老。

回到乡镇上的爷爷重操旧业，身份的一种回归，爷爷原来是一个石匠，小舅跟着爷爷学会了石匠技艺，小舅还跟着爷爷学会了拉二胡。当回忆到拉二胡这个细节时，我竟觉得爷爷的内心里面，多少还是有感伤的东西，在我看来，二胡特别适合表达命运的感伤。只是我们都说不清楚爷爷感伤的缘由，只有姨妈能说得清，是在姨妈口中，我了解到了更多有关爷爷的情况。我们出现在了曾被爷爷拒绝过的那块地基那里。我发出了一声叹息。那叹息与众多的叹息一样，错综复杂。地基还是那块地基，地基旁边的建筑还是原来的建筑，在这个地价房价疯涨的当下，我曾有点颤抖地假想过拥有那么一块地基将会获利多少？但假想没有多少意义，我们还必须靠自己对抗着源自生活的各种重压。

建筑的门紧闭着，但岳母说那里面有人，这时爷爷暂时离开，他没有留下任何的叹息。里面是一个精神有点问题的人，那个唯一剩下的人，但很少有人会见到他携带着一身戾气出现在街上，他很少会出现在街上。我们曾见过一个有着狂躁暴力倾向的人，拿着刀出现在了大街上，幸好被人及时制止，不然后果不堪设想。建筑前面杂草丛生，那是旧城往西的边缘地带了，在那里生活其实还是挺舒适的。一提到舒适，爷爷再次回来，我的叹息再次出现，我不知道这时候该对自己做怎样的评判与审视，回到那个人身上吧，我听到了内心里面冲撞着的低语。我们只是把注意力集中在那个据说在里面，却不知道是否真正在里面的那人身上。岳母曾说是见过那人一次，畏缩的眼神，邋遢的穿着，不是很脏污的头发，懒洋洋地坐在其中一棵松柏树下晒着太阳。我跟岳母提起了那人的忧伤神色。岳母诧异了一下，在那人身上看不到任何哀伤的神色。

爷爷回到故地那个行为里，没有受荣归故里等观念的左右，只是奶奶说不想继续在那个旧城生活，爷爷没有进行过任何的争辩，点点头，收拾好东西，就回到了那个离县城最远的乡镇。回到乡镇之后，爷爷和奶奶的生活其乐融融（那是岳母跟我们说的），我们相信，有时又会觉得有些不可思议（我们认识的一些局限，在这时暴露无遗）。我们必须要从现在的时间与观念中挣脱出来，才有可能真正理解爷爷与奶奶。我们是要把爷爷和奶奶重新放在那个偏远乡镇的中心，才不会被内心的喧嚣与失准所左右。我们再一次说起爷爷奶奶时，我又想到了那个偏远的世界，那真可以算是世界的世界，一些原始朴素的生活就那样存在着。那里有着魔幻现实的意味，自然在一些时间会显露出它惊人之美的一面，漫山遍野种类繁多的杜鹃花开放，牛羊在草甸上悠闲地啃食着草，人们还一直延续着祭祀天地的传统。那是在另外一个世界，他的年纪大着我二十多岁，他说他们早已不信也早已不再延续那样的祭祀方式。一些奇异的气息扑面而来，这是我在一些城市生活很长时间后，偶尔回去几天时所感受到的。有些不可思议的东西自然存在着，只有很少的人会惊叹。有人病了，我们并没有想到赶紧把病人送到医院，医院很远，还要走夜路，夜路里有众多亡灵飘荡，病人拒绝穿过亡灵聚集的那些山林。我们来到了一个祭师家，掐算一下，我们按他的说法拿了瓦片在上面放一些熟食，让祭师念叨一些话语，并给我们指明摆放之地。我们穿过夜色的黑，进入某个路口，把瓦片与熟食与香放下，唾了一口唾沫朝家奔去。有时，第二天病人好了。有时，病人没好，就被我们送往医院。

爷爷和奶奶是回到了这样的世界之中，这与爷爷是官员时完全不一样，这也与奶奶在县城生活的一些时间里的想法不一样。我们与爷爷奶奶不同，我们正拼命逃离那个依然有着亡灵气息的世界。不知道爷爷在回家的路上，或是在他去世时会不会发出一些叹息，去世时发出的就是最后的叹息。爷爷是发出了几声叹息，那时他早已为小舅规划着未来，他回到了那时还未通公路的乡镇上，开始实践着作为官员之外的理想。他组织人修建了一个水库，他想把水库和周围的一些荒地打造成一个理想的诗意之地，种上果园，养一些牛马鸡鸭，但这不是小舅的理想。爷爷拿给小舅一些钱去买一匹马，小舅买了一匹老马，用剩余的钱买了个录音机，爷爷看到那匹老马和当时新潮的录音机以及穿着有些新潮的小舅，他瞬间明白了，也瞬间有些感伤，爷爷用勃然大怒表达着内心的失落与感伤。在那之后，父子间由于观念不同发生了多次激烈争吵。爷爷卧床了六十多天，然后发出了最后的叹息。姨妈说是卧床了六十二天。

阅读随记：

《摩尔人的最后叹息》。萨曼·鲁西迪著。

错综复杂的叹息。家族史的坠落。心灵史的坠落。历史与宗教的犬牙交错。拼贴一般的五彩斑斓和滔滔不绝。谋杀，疯癫，毁灭，隐藏，幻象，真实，堕落，欲望，清除，艺术与生活间的距离，能够飞升的现实……层叠所制造的幻象与真实。灵魂的垃圾场。欲望的非理性。外部时间与内部时间的失衡。“我”外部的时间快速在流逝，内部的年轻与外部的年老。焦躁不安的灵魂。时间的囚徒。摈弃一切，实则被一切摈弃。最终被时间磨为齑粉。

九

【自然】

自然横亘在了中间。准确些是横亘在了第九节。“自然”突兀地在这个位置出现了，类似于这个文本中突兀出现的“阅读随记”。我毫不掩饰对自然的沉迷。我有点偏执地一定要牵扯到自然上。如果自然没在这个文本出现的话，总会觉得缺了些什么。隐隐会希望自然于这个文本的作用，会像自然对于精神世界的作用一样。爱默生论自然，论自然的重要以及对于枯竭心灵的作用，还论及自然的诗学与梦想的诗学。这个文本也应该有一些山水草木鸟兽虫鱼，至少有一点点梦想的诗学。

旧城与很多边地小城一样，往往就在天地自然之中，往往四面环山，往往草木葱茏，往往还有一些大大小小的河流与湖泊。旧城背后就是山。山是青山，山上最多的植物是松树，这样能常年看到被绿色染过的山，除了松树之外还有很多种植物，认真深入进去，就是一部丰富细腻柔美的草木记。有一条流经旧城的河（这条河流在这个文本以不同的形式和意义出现，它的重要与被我所赋予的复调一般的意义，不断被我重复着强调着，我再度迷信重复的力量，这是我必然无法绕开的河流，只能是某些时间里它绕开了我，提到这条河流总会想到那种叫紫茎泽兰的植物，长得异常繁茂，但不是我所希望的植物，那是一种看着就给人枯干，且渴望湿润的咄咄逼人的侵吞感的植物），河流的流量时大时小（现在大部分时间里，河流的流量极小），有一些人听着河流入睡或失眠。还有一条河流，是已经在上文里出现的金龙河，它隔着旧城有一段距离，流经旧城的那条河流最终汇入其中。与金龙河有关的是一个水泥厂，水泥厂多少还是对金龙河的水质有些影响。我沿着金龙河往上，是见到了水泥厂，周围的植物长势不是很好，一些已经枯死，颓败的样子让人会有莫名的震动，但没看到实实在在的污水涌入金龙河中，这样我想证实的最终没能证实。金龙河最终要流入某个湖泊，这个湖泊将在下文里出现。

旧城里能见到一些为数不多的植物。与植物间虚拟的对话，是已经发生过。严格意义上讲，旧城里面的植物其实并不是很多，旧城差不多被建筑占满。如果有更多的古木，那么将是古木的世界与古建筑的世界，一种独特的有序与时间感进入眼眶，眼眶里面都是如植物的纹路一般的时间层叠。这样的世界，并没有在现实中存在，不断增多的建筑占据了更多古木生存的空间，只有古建筑多一些。到这里自然并没有完成它应有的意义，自然在这里被我弱化，并不是有意弱化，我又想起了那个女老师的评语。如果现在她看到这些文字，她一定会摇摇头轻叹一声，对于自然的描写依然没有多少进步，依然枯燥乏味。

我想起了那些有关自然的名著。我想起了爱默生与自然。《论自然》。“大自然从不表现出贫乏单一的面貌。最聪明的人也不可能穷尽它的秘密，或者由于寻找出它所有的完美而丧失自己的好奇心。”这个文本中的自然将以与心灵有着无法割开的联系的样子出现。我在回想着笼统的“自然”在那些时间里于我们的意义。我们才会在某个夜晚，十二点多，漆黑一片，义无反顾地进入了旧城背后的金华山。我们并没有考虑过太多东西，直到在那之后，我们才会对自己的行为感到惊诧和不可思议，现在我已经想都不敢想还会踏入漆黑的自然之中，即便在白日，一见到繁盛茂密的自然，我就会有些慌乱与惧怕。那时，我们是要穷尽自然的什么东西吗？答案无疑是否定的，我们没有任何要获取些什么的想法。现在，我有时会有穷尽自然的冲动，为了穷尽自然美学。“美学”这样的概念是否恰当？那是发生在高考结束之后，我们都意识到将要离开那个世界，我们将要进入的是一些理想中的世界。我们便以那样的方式进入了某个理想的世界，而过后多年，我们才意识到现实往往不是那么理想。那晚的自然，也没有给我们留下多少深刻的印象，或者留下深刻的印象只是冰凉的风，以及一些抓着有些干燥的草，以及在山顶做的冰凉的梦。自然完成了它应有的意义了吗？答案是否定的。自然还将在这个文本中或隐或显地出现，它需要完成它的意义。

旧城往下，穿过214国道，抵达金龙河，沿着河流往下，便可抵达那个湖泊，牵强一些，在旧城的某些角落可以远远望见它，宁静如镜，隐隐可见游云在里面穿梭。这个文本是关于旧城的，我想让提到的所有物事都能与旧城有着一些联系，但有些物事的出现还是稍显牵强。牵强的联系，牵强出一个隐秘的通道。剑湖，以及别的一些真实地名的出现，会让这个文本的指向很明确。其实我一直想努力避开指向的明确，我是想让这个文本的指向多少有些模糊，毕竟在奇妙的时间和空间面前，一切是那样模糊。这个湖泊可能是剑湖，也可能是别的湖泊，下文将会偶尔出现的那些地方，往往只是地名而已，有些地名还可能是想象的，就像现在我在提到剑湖时，我还在脑海里进行着有关别的湖泊的想象。我是看到了那些高原湖泊所面临的窘境，我是在一些人看到了之后也看到了，我是在一些人出现在其中一些湖泊后也出现了，我是那些后知后觉者群体中的一员。

当我们这些后知后觉者出现时，我们掩鼻想躲避那些湖泊散发出来的臭味，我是在这个湖泊还是在另外的某个湖泊里，看到了一些浮肿的动物尸体。当那些臭味变淡之时，我们一开始还多少有些不适应。我们是曾多次来到剑湖边。这是其中一次。我忘记了那次我们来到剑湖边时剑湖的样子，主要是那次太紧张了，确实是剑湖，记忆是篡改了很多真实，但我能肯定那次是剑湖没错。我们的目的很明确，就是去偷点鱼虾，剑湖边经常有一些渔民放的网，我们到了差不多齐腰深的地方，收获颇丰，我们把那些鱼虾拿到旧城里的某个饭馆里加工吃掉，那是有关剑湖最深刻的记忆。回忆中，羞耻感、自责感出现，而有关剑湖本身的自然却模糊不清，我绞尽脑汁，确实就只有那起在我成长记忆中算是污点的偷鱼虾事件而已。现在我需要的不是那起事件，那是我极力要忘记的，现在我需要的是自然。

再次出现在那个湖边，是为了自然，我开始再次把注意力放在湖本身，我也略带调侃地把多年前的偷鱼事件在脑海中过了一下。湖泊，与多年以前相比已经有所不同，即便我要再次强调多年以前的湖泊在印象中的淡薄。我远离了人群，喧嚷的人群在那里同样谈论着湖水的美，他们又见到了那样还会让人感到诧异的湖。就在那时，我们眼前就那么一个湖泊，我们不用把目光拉长，我们都知道另外一个会让人感叹几句的湖泊至少在百里之外。

我悄悄离开了人群，应该是没有人会去关心那时我内心里面的想法，我似乎看到了某个人朝我扫了意味深长的一眼。我在一个有着蚱蜢振翅的地方蹲着，那些水鸟在湖水上叫着，宁静，安静，那些生命力的声响只是增添了宁静的浓稠，我打开了手机的录音开始录下一些声响。我是需要那些声响的。现在在写这个文本时，我又一次把那些录制的声音打开。有好几种水鸟，但我无法辨别出是哪种水鸟发出了哪些好听的声音。在听着这些声音时，嘈杂感早已不存在，寂静感异常重要。寂静的湖泊，那些水鸟所发出的声音与嘈杂无关，只是加重了湖泊的寂静，在那个湖边时，我是有着这样强烈的感觉。即使离开了那个自然最真实的场，只是借助于那些录制的声音，我依然能清晰地感觉到湖泊的寂静。这是随着时间与空间不断叠加起来的寂静。

我出现了，我们一群人出现了，我们与自然，那时至少我并不清楚该如何处理好与自然之间的关系。我开始胡思乱想。我努力打开记忆，想从记忆中召唤一些现在已经无法寻觅的东西，那些在湖泊上面闪动着的波光，在湖泊边上的沼泽地里扑扇着的羽翅。一个守湖的人，正在远处打捞着一些垃圾，而我在打捞着记忆。我录制着那些声音，我录制着一些语言，是为了更好地打捞记忆。

阅读随记：

《鱼王》。阿斯塔菲耶夫著。

自然广袤丰饶又荒凉枯索。在自然面前的卑微，在自然中为了存活下去而进行的不懈抗争。一群人的生存，一群人的苦难。人与自然，但不仅仅是人与自然。生存与欲望，但不只是欲望。那些在自然中生存，在河流中漂荡的灵魂那卑微又闪亮的精神之光。自然万物之美，人性在自然之中的至纯至美与无奈。你偶尔会忽略人的命运，这时自然之美占据了主要位置。如果不是那些有着让灵魂一颤的自然的话，在那些对于人类而言很残酷的环境里生活将是无法想象的，你是无法想象的，但你也庆幸有着那样的自然，至少那样的自然还是能暂时缓解一些东西。偶尔你只是关注人的命运，命运感那时太过于强烈了。你是读者，你其实就只是我，这时我不敢去虚拟一个莫须有的读者。自然，不仅仅是自然。我所希望置身的自然，也不仅仅是自然，我想起了那些河流那些湖泊那些高山那些草木。

十

【理发店】

这是一个已经落寞（落寞只是我所认为的落寞，我在一些不合时宜的时间里出现在理发店门口，看到人影稀疏，而在另外一些时间里，我出现在了那个理发店门口，让我吃惊的是里面聚集了好些老人，我便明白落寞也只是某些时间段的落寞，落寞也只能是属于某些群体的落寞，那个理发店的朴素与简单已经拒绝了一些群体，它似乎只接纳那些老年人）的理发店，我们只是从它的前面经过，经过时，我们会偶尔朝里面瞟一眼，就是这样累积的偶尔让我们对它的印象尤为深刻。

我们基本已经不会进入这样的理发店之中，但它还能貌似落寞地继续开着是有它的道理的，一些老人早已习惯了这些理发店。这里的理发店，属于老人的空间，安放着他们心里一部分柔软的空间，把虽不是坚硬，但较之于头皮还是稍硬的头发理掉，或轻轻刮掉，再轻轻刮掉胡子。我们又看到了一些颤颤巍巍的老人步入其中，同样是一个老人拿出了刀片和其他东西开始给那些老人理发，许多老人想要的就是一个锃亮的光头，理发师颤抖着打理那些已经皱纹满布的头。看到那个情形时，总会有惊心动魄的触感，总会担心那双颤抖的手能否控制好那把锋利的刀片。我们的担忧总是多余的，我们担心的从未发生过。有些老人安静地仰起脸，剃须刀在那些面无表情的脸上轻轻刮着，刮出一些尖利的声响。那些理发店还是在旧城中开着，一切东西都没变，可能连理发师都没有变过。我这样的猜测是违背常理的，也可能暂时便是这个样子。理发师会继续衰老下去，甚至会离世，而理发店所在的那个空间可能会被拆掉。一个理发师的葬礼，会不会有些不同，我明明知道不会有多少不同，我竟还这样想象过。

还有一种理发店（不是严格意义上的理发店），露天的，只是在铺子前面放置一些简单的理发工具，铺子里卖别的东西，这些露天的理发场所的对象更多还是老人。我带着自己十个月大的女儿来到其中一个铺子前，我的女儿号啕大哭，让我有些无措。在那有些悲戚的声音中，我和媳妇紧紧按着她的头，理完，离开，回到家，女儿还没有从理发给她带来的慌乱中回过神来。

我在旧城中参加一个葬礼。一个老人的葬礼。他在旧城的后山买了一块墓地。老人不是理发师，但我曾在路过那些理发店时，多次见到了他。一个异乡人，与我一样的异乡人。其实我不知道他是否有着强烈的异乡人感觉，我在旧城中生活的很多时间里，有着强烈的异乡人感觉。我是异乡人，我是应该把自己与那个世界之间割开，还是努力缝合与那个世界的裂痕。现在越来越多的人，已经不再像我的爷爷一样，在旧城工作一段时间，然后又回到偏僻落后的出生地。

这个老人，我已经有好几年没有见过了。他曾在我出生的那个乡镇工作了多年，直到退休。退休后来到旧城的儿子家。他的媳妇两年前在旧城去世，也被葬在旧城的后山。在那个乡镇上，他们已经有自己的坟墓了，但只能让那个坟墓空着。有好几次出现在我们村子相对集中的墓地时，我们偶尔会谈起那个空的坟墓，以及他。老人在离开世界之前被病痛折磨瘫痪在床，与几年前他媳妇的遭遇惊人相似，这样的瘫痪在床对于任何人而言都是残忍的，那可以算是对尊严的一次透彻的清扫。有时我们确实如他们一样无法保存最后丝薄的尊严，即便我们只是希望能保存那么一点点一丝丝。

他很幸运，自己的儿子儿媳都挺孝顺，没有任何怨言，而在熟悉的很多人身上，看到的却是不幸。几年前，我见到他时，他看着依然很健硕，他正混入旧城的某个路口的拐角处，那里每天会聚集着一些人，都基本是与他年龄相仿的老人。他们前面摆放着的往往是棋牌，他们会打打牌下下象棋，旁边看的人比打的那些人还着急，旁观者就那样不停地指挥着，有时会因为其中一人走错了一步，或出错一张牌而义愤填膺，打了一圈左右，旁观者的角色开始变成打牌者下棋者。我每次见到他们，他们都会那样不停地争论着喧嚷着，似乎不那样不足以让那些日渐衰老的肉身保持着必要的活力。面对着那些情景，我们都报以习以为常的笑笑就离开了。让人感到有一点点吃惊的是，那些老人会风雨无阻地出现在那里。他不停地坚持着，并乐在其中，之后的某天不再出现在那些人之中，许多人像他一样退出人群，一些新的老人又加入其中。

老人之间的对话，他们可能会在一些时间里郑重地回顾一生。很多老人，靠着回顾一生而让平静的生活泛起一些波澜，他们会谈论的是融入一个世界的不易，直到老去，直到离世，他们还只是貌似融入了那片旧城之中。这都只是我的猜测，我猜测着他们谈论的话题，有时我又觉得那样的猜测没有任何的道理可言，他们为何一定要谈论那样的话题，他们可能早已把那样的问题解决得很好，而不像我所遇到的那样艰难。

这里更多谈论的是我个人的感觉。在旧城之中，曾经排外感很严重，我们在旧城中生活了至少五六年以上的人，掐指回望那些时间时，与我们处得好的很少是那片旧城中的人，这多少会让人感到沮丧。康姓同学可以算是其中的一个，但读高中以后就基本不再联系了。据说现在康姓同学在他家里开了一个装裱书画的店，生意还不错。康姓同学与很多人一样，我们在相互的世界里消失，我们被命运的激流冲撞着。命运感不是那些我们所能预见的，而是那些在不经意间突然狠狠踹我们一脚，或轻柔地磨蹭你一下的东西。

康姓同学与王青一样，在我们还未到来的重逢之间的这些时间里，音信全无，连给我一些想象的空间都没有。曾经是给了我一些想象的空间，那时与王青再次联系上了，当时还是感觉到有些激动，短短几天之后，她再次像以前一样消失，消失得有些仓促，我试图再去找寻她的影子，最终只是佐证了寻找的徒劳而已。她就像梦一样消失了，消失得没有留下任何踪影，我没能在任何物上找到她的影子与气息。我意识到只能在那片旧城里找寻到她过去的一些影子，那时我们是在旧城中穿梭往来的人之一，我们时而是不确定的，时而是确定的，时而是忧伤的，时而是孤独的，时而是快乐的，时而是复杂的。在写这个文本的现在，我有了时间去想象一下他们的现在，但确实我的想象遇到了无法解决的困难。

王青在另外一个城市的生活，只能知道她在另外一个城市生活，我的脑海中出现了一些在城市中生活的人群，不同的角色，面对不同的生活，不一样的生活态度，一些人独立，一些人孤独，一些人簇拥在一起，一些人清醒却无奈……我不知道，会不会有人在某个地方，偶尔想想我的可能与不可能的现在。

王青淡去。康姓同学，我可以去他的装裱店看看，这轻易就能完成，但（又出现了转折，这样的转折在生活中无处不在，我们也可能没有相互要见一下面的想法，我在设想多年后相互不了解的人在一起的尴尬，就像另外一些人，我们就生活在一个地方，我们在电话上多次提到了要见一面的想法，却迟迟没见面）我没有去，也好像不曾真正想过（我是想好好剖析一下自己，但因为一些原因又作罢）。

回到老人，老人更多时间是以被讲述者的形式出现在我的世界，他的一生中也曾有过那么一些争议的东西，那也是他一生中重要的东西，我们在碑铭上简单地回顾着他的一生。一生中有那么一些时间里，他是在强烈地甚至是不择手段地抗拒着回到农村，他也曾疯狂地追名逐利过，伴随着渐渐老去，那种追名逐利的激情也渐渐淡去，一些争议也伴随着这样的淡去而淡去。

我在前几年看到他时，发现眼前的他与人们讲述的那个人已经有着天壤之别，那是让我们既感到不可思议又觉得很自然的变化。我一直看到的只是已经在别人的讲述中变化了的他，他的过去的真实其实早已从我的记忆中抹去，并不曾存在过。老人来到旧城安度晚年这个过程中，也包含了老人心里渴求已久的退避。还有一些像他一样的人，我们看到了他们在努力抗拒着一些东西，他们抗拒的东西时而真实时而虚幻。记忆会不会出现了一些问题？那个老人在与一些人回顾过往时光时，人们在他的讲述中发现老人已经淡化了很多东西，出现在他们面前的老人，暂时只是一个碎片化的人，从年轻时开始直到老去。我在这里这样谈论这个老人，会不会有些不敬？老人就是复杂的个体，只是被我们合理简化了。我去参加了老人的葬礼，我们回顾着他那光辉的一生，老人走好。

阅读随记：

《烛烬》。马洛伊·山多尔著。

在记忆中不断等待，两个老人的对话，老人之间的对话意味深长，或者更多是作为将军的老人时而平静时而恼怒，且异常复杂地回顾着有关两位老人之间的那种来自心灵深处的友谊。这样的友谊接近双胞胎，甚于双胞胎，甚于男人和女人，纯粹的友谊，但人身上的异类，一个成了将军，一个并不想成为军人，而是想成为艺术家，只想肖邦，里面还有背叛，四十一年，已经变成老人，再次面对那些过往的背叛与其他，似乎只剩下平静。平静的往年，这是每个老人都必须面对的，我在旧城中所见到的那些老人都在走向平静，当然也有那么一些老人，越老脾气越怪异，也越发怒发冲冠。如果进入这些总是一脸怒气的老人的思想深处，那一定也将是很有意味的体验，只是那些老人很难会让人轻易走入他们的世界，他们看着时间给自己带来的种种后，在周身布上了一些坚固的膜一样的东西，这是很难被人打破的。

十一

【小卖部】

这是其中一家小卖部，在古桥旁边。我们多次进入这家小卖部，挤成一团看球赛，我们会买点散烟抽，店主家是从古桥往上百米处的一个古民居建筑，店主家漂亮的女儿多次来回于小卖部和家之间，我们看着那个身影如一团火从眼前消失。那个女孩身上所透露出来的气息与旧城本身的落寞颓丧不一样，而是生命力与幸福与快乐，相反，店主的神色状态与旧城有些契合，看到店主本人就像看到了旧城的灵魂。

店主家的女儿，出现在小卖部的时间其实并不多，有时我总觉得店主会把我们拉出来放置在他的女儿面前，对她进行一些教育，那时我们就是反面教材。我们是反面教材吗？我顿了一下，认真地思考了一下这个问题，说不清楚。现在我再次出现在小卖部前面，古桥上面没人，往往是傍晚时分，一些人才会悠然出现在古桥上，直到路灯昏黄地亮着才陆续散去。店主依然就是印象中的样子，我们相视一眼，他的神色犹疑了一下，他想跟我打声招呼，我也想跟他打声招呼，但我也犹疑了一下，最终我们之间无话。

我们都没能说清楚为何没有把横在面前的那团雾气拨开。至少我觉得自己在那一刻竟失去了面对某些方面的勇气，但一些很矛盾的东西又纠缠着我，让我不断回到旧城并在旧城里到处走着，找寻着记忆的蛛丝马迹，同时想发现一些让人耳目一新的东西，又害怕碰到类似他一样的很多曾经异常熟悉，有时觉得在一些方面已经到了可以推心置腹的人。我们是曾在过去的一些时间里，把一些东西毫无隐藏地开诚布公，现在我们竟会开始后悔曾经的开诚布公。他可能也意识到了我知道了一些关于他的事情，他轻微地动了动嘴角，如果不是很敏感，我就会忽略他那微微上翘的嘴唇，那一刻，我竟然拥有了前所未有的敏感，瞬间捕获到了他的由外及内的不安与局促。

我是听说了一些有关他的事情。那无疑也是让他深感不安并想抹去的事情。想到这，我朝他望了望，疲惫与衰老格外明显，像一些怪异的眼球凸出来。店主曾被一些学生家长围攻，说是小卖部的存在让他们的孩子变坏了，这是荒诞的，但一群人的智力和判断力在交互时，可能就会出现这样的荒诞。被揍了一顿的店主，竟有苦说不出来只能独自吞咽。他会不会在一些时间里，也会思考到人们打他的理由的成立与否？

现在，我看着那一排的店铺时，发现好些店主已经换了，只有他还在。这里再提提另外一个店主，是个女店主，这是我在回忆那些店主时无法轻易漏掉的人之一。那时我们经常去她店里赊东西吃，她很慷慨地赊给我们，到毕业时我还欠着她几十块钱，直到现在还不曾还给她，这是我人生众多污点之一。仅仅因为这个，旧城就可以成为我人生中一个重要的转折点。这个女店主与那个男店主一样，是我想避开的人之一，如我所愿这个女店主直到现在我都没有碰到。如果现在，她突然出现在我面前，并提到了当年我欠她钱，我还真不知道该如何面对她。我知道那个曾经的女店主家就在某个民居里，我看到了她家瓦楞里干枯的草，我看到了她家瓦楞里青绿的草，我看到了瓦楞被换掉，草消失。我在诚惶诚恐中多次从她家附近经过，就是没能见到她，这里面又有着一些复杂的想法左右着我。思想就是在这样的情形下慢慢发生变化。

女店主不知去向，她与一些店门紧闭在店门上写着“旺铺转让”字眼的铺子不一样，或者就是一样，只是那时我不在现场，没能看到女店主的窘迫情状与略微复杂的忧伤神色，或者女店主并没有出现过窘迫的情形，只是不想继续做生意了。我不曾想过那些店铺会那般轻易易主，还是那般大规模的，我重新出现在那里，认真看了看，确实是除了石桥旁的那家外基本都易主了。我特别想打听一下那个女店主的下落，总觉得那几十块钱塞在喉咙没能吞咽下去。他的店铺与以前并没有多大区别，这个小卖部，是与记忆中的建筑基本无二的建筑，时间似乎没能继续在上面作用，与周围那些新修的店铺不一样的便是它的破旧。现在，此刻，如果你出现在旧城，你将发现破旧的建筑已经越来越少，这与记忆中不一样，记忆中充斥着的基本都是破旧的建筑，以及有些杂乱的巷子，现在一切正变得有序而整洁。别的新开的那些店铺与我所熟悉的已经有些区别，每次想起那条街时，闪现脑海的都是还未重修时的店铺，店铺里的人也是自己熟悉的人，恍惚重新坠入那些已经凝固坚硬的时间里的感觉，一坠入，时间开始慢慢融化，我又想起了他的释放着青春之美的女儿。

我最终没有向他问起那个女店主的下落，如果我跟他提起了女店主，并说起我还欠那个女店主几十块钱的话，他会不会也把我错认为曾欠他钱的其中一人，这是完全有可能的。在这样瞎想着时，我更不可能向他打听他家女儿的下落，这已经没有多少意义了，我还是会在一些时间里出现在他家门口，建筑已经修葺一新。小卖部，小店铺，并没有过多涉及店铺本身，而是更多涉及了与店铺有关的人。

老人退休之后，经常在那片旧城中游荡着，一个貌似迂腐落寞的游荡者，一个痴狂的文学爱好者，像他一样的人可能还有好些。我们从他的文字上看到了固化狭隘的东西，那是艺术最应该拒斥回避的，也许，我们是应该善意地提醒他，要放开，要不断把感觉打开，要在自由的状态下开始他的创作，我们并没有这样做。我们都觉得他还有这样的爱好，就已经很不容易。有关这个退休老人，我们了解到的其实不是很多，即使旧城不是很大，但面对人总是比面对那些建筑要复杂很多。

我曾想跟这个老人好好说些什么，又不知道该从何开始。他出现了，我怕他认出我，我赶紧低下了头，其实我大可不必那样，他看都不看我一眼，而是沉浸在了他个人的世界，他的嘴唇在动，手还轻轻抚摸了一下还算茂密的头发。在两人还未见面之前，我就已经开始在脑海里扯起一根紧绷的弦，那是异常紧张的两人世界，我们之间不只是存在着代沟这种被人简单定义的东西，还有很多的差异横亘在我们面前。

那是由一群老人在某个乡镇上组织的一次集会上，我们见面了，他从县城搭车来到了那个拥挤且暮气聚集的会场里，我一眼就看到了近视很严重的他坐在凳子上的疲惫身影。他从自己不是很多的退休工资里，拿出了好几千块钱捐给那些老人，那些老人办着一份内部刊物。我是打开那本注入了那些老人的幸福指数的刊物时，发现了捐资人和捐资情况，他捐的款远远多于别人。在别人那里，我是听到了有关他的一些情况，情况不是很好，在那人口中，他没必要捐那么多钱，几千块钱也是他工资的好大一点了。我们便是在这样的情形下谈到了他的多少有一点点迂腐，这只是我们个人的感觉，我们毕竟没有真正走入他的世界，我们又如何才能懂得他在做那些事情时的真正想法。一个退休老人是应该有一些事情去做做。也许与他进行一次长谈的话，我们对他的认识可能又是另外一种。至今，那样的长谈从未发生过。

我们游离于他的世界之外，他给我们的感觉其实也是游离于旧城之外的。他似乎是对世界的某些东西失望了，便彻底沉入某个洞穴之中。在那个洞穴里，不只是他一个人，在那个洞穴里，是一些有关旧城的历史与文化与记忆，以及在很长时间以来，并没有多少改变的人（有一些是他虚构出来的人，还有一些是已经过世的曾经在旧城生活的人）。他必须要依靠虚构的世界才能活得更好，当发现他漠视了很多现实之中的物与人时，我是这样肯定的。他是一个土生土长的本地人，他与旧城之间应该是有一些相互平衡的东西。

他拿着把雨伞在那个路口等着我们，他的出现在我们的计划之外，早上那次活动的一个负责人就委婉地跟他说下午就不用再来了，他还是出现了。我们从那个负责人的神色里，多少看到了几丝厌烦的东西，但他对这一切置若罔闻，我不知道一直坚持着站在车里的他是否真是置若罔闻。那时，一丝悲凉的东西涌了上来，我坐在车子的最后一排，我看到了他在那些外地来的小有名气的艺术家前，如孩童一样激动而卑微。在面对着这样的情形时，真的会悲从心来。我看着他在那些外人眼中瓦解变形（那个下午，他激情洋溢地跟那些人讲述着关于旧城的很多东西，只有寥寥几个人在听，人们早已被那个旅游景点分散了注意力，人们在略微有一点点矫情的感叹声中把他的激情慢慢侵蚀，最终彻底吞没），最后他的声音慢慢小了下来，我能看到他那时所展现出来的沮丧与不安。不知道什么时候，他离开了人群，我们可以想象一下他离开人群时，内心世界的复杂。

我有时会在那个旧城中见到他，我不再像以前那样想避开他，反而想被他认出来，并完成一直以来想要做的长谈。他一直都是低着头急匆匆地走着，其实有时即便他抬起头，高度近视的眼睛也很难把我认出来。有时我在想，即便他把我认出来，但他是应该对类似我一样的人已经失望了。我欲言又止，和他几乎擦肩而过，我看着他的背影从我眼前消失。我知道自己还会在旧城中多次见到他，由于妻子的原因，现在的我经常会回到旧城。这里又将放入几句题外话，和妻子认识之后，我才再次经常回到旧城，在这之前，我竟然打心底里排斥旧城。我是知道旧城于我的意义，但在有重新回到旧城的想法时，脑海里迅疾出现的是夏日燠热得让人心烦意乱的天气，是杂乱无章垃圾遍地的场景，是冬日里的寒冷刺骨。我是要感谢妻子，是她重新让我有了机会重新面对旧城，这样的重新面对与审视中，让我避免了一些误读。我还会再次见到那个退休老人，他就生活在旧城之中，他可能也有着旧城就是他的写作地理的想法，他一定也是感受到了自己沉陷在由旧城编织的时间经纬之间，在那些有些狭隘的迷恋的文字中，他已经迷失，或者他已经找到了精神的归宿。当有了这样的想法之后，我不敢轻易去评判他的那些文字，就像不敢轻易评判他这个人一样。

我是真的希望真正与他来一次对谈，我想听听那些他滔滔不绝唾沫横飞的有关旧城的东西。可能我的这个文本也在不知不觉中，陷入了某些狭隘的自恋与武断之中，有时我们又会特别珍惜这些东西，毕竟它们对于我们异常珍贵。我也意识到必须要有一些警醒，在警醒中，那个退休老人退到了旧城的暗部，又退回到了他精神的洞穴，或是精神的迷宫之中，我似乎看到了那个老人正费尽心力地挥毫泼墨着，属于他的精神巨作正被他呕心沥血地创作出来。我对那个幻象报以极度的崇敬之情，我对着幻象深深地鞠了几躬。然后幻象消失，然后真实凸显，然后我发现就是我一个人漫无目的地在旧城中行走着，我意识到自己的躯体里面，生长着如退休老人一样的灵魂。

阅读随记：

《升腾与坠落》。萌萌著。

因读张志扬的过程中看到了无处不在的萌萌的身影，以及闪光的思想碎片。升腾与坠落，萌萌为了“表达我所感受和理解的人生的纵深纬向”。生命的感觉问题，生命体验中所遇到的问题，我们所必须先要面对自己在懂得升腾的同时也懂得坠落。个体的精神之谜，极其复杂的含混。我们感受着内心变革的旋涡，只是很多时候，我们成了后知后觉的那类人，变得钝拙，成为众，成为类。众与个人。断裂中的自省。思索中的感觉。生命的沉浮感，深入并表达生命悬置的状态，我们把生命悬置着，生命被现实与精神悬置着。悬置与断裂。我们经常处于迷惘混沌而不知该如何在时间之流中安放生命。生命整体的割裂，碎片，不完整的，人的沉沦。闪烁着思想之光的碎片，穿透夜的幽暗与深邃。继续感受着在虚无中的升腾与坠落。第三只眼睛。

十二

【录像厅】

现在是木器一条街（其实这里的“现在”也定格在了很久以前，真正的现在它已经不只是木器一条街了，店铺种类更丰富，新开了一些茶室，我们在那些茶室里喝茶饮酒，偶尔回忆那些不堪的过往），原来是一排录像厅时，都是木质建筑，它的转换发生得貌似很简单，只是把内里的东西替换一下，让内与外之间变得和谐。而作为录像厅的时间里，内与外之间总让人感觉有点不协调，录像厅内部的阴暗潮湿霉味与外部的敞亮与木质味是不协调的，那时内部的气息把木头那好闻的气息遮掩覆盖，这也多少会让看完电影的我们有些沮丧。现在它成了一条专门卖木器的街，内与外都释放出好闻的各种木头混杂的气息，我深深嗅了一口，多种木头的气息缓缓地渗入肺腑，我猛然打了一个喷嚏，回到记忆之中的那条街道。

在提起录像厅这三个字时，曾经表现出来的是兴奋和激动，有那么一段时间也多少有些黯然神伤，那是在发现自己沉迷于录像厅无法自拔之时，以及那些录像厅悉数消失之时。感觉那些录像厅风靡的时间其实很短，世界发生变化的速度远远超出了我们的想象力，有时我们才刚刚适应了世界的某些变化，猛然间世界又不再是你所熟悉的并所以为往前发展的景象。你是永远无法想象一个世界的变化，你只能想象变化必然会对你所造成的冲击，即使有些变化与你没有多大关系。当变成木器一条街时，其实我们也没有感到多少的惊讶，毕竟旁边几百米处就是一个木雕厂，应该可以算是规模比较大的厂了，最主要的还是因为在那个小城最有名最引以为傲的还是木雕。这里，我就不用溢美之词来赞美木雕了，留给“木雕厂”那个词条吧，或者在别处牵扯到木雕的段落上，那时我可能就会略显狭隘略显夸张略显啰嗦地赞美着那些我所见到的木雕，并产生种种有关木雕的想象。也有可能“木雕厂”不会单独出现，也有可能我会忘记在很多人看来必然无法忽略的关于木雕的溢美之词。

回到录像厅，那时那条街上都是录像厅，除了那条街外，就很难找到录像厅了。那时正值电影院变成礼堂的时候。那几年，在旧城，录像厅风靡一时。与电影院一开始就给我们的那种了无生气的感觉不一样。进入电影院的人寥寥无几，电影院所放映的电影也没有激起男性荷尔蒙的喷发，提到这点时，我想起了，那时很少有女人进入录像厅，这与录像厅放映的电影多少还是有些关系。那时，录像厅与旧城别的很多事物一样，于我们意味着很多。录像厅，就像是一个暗室，里面有着一些我们不会在外面轻易触及的隐秘。我们在不同的时间以不同的心态进入其中。那时的录像厅里除了放映一般新上映的电影之外，还放映一些隐秘的电影，那些带有情色意味的电影让那些录像厅与电影院有了真正区别，也可以毫不夸张地说是那些录像厅把电影院的真正意义冲垮了。电影院最终只好接受无奈的结局，最终成为名不副实的建筑，最终像别的一些建筑一样成为地标式的存在。

录像厅似乎也就风靡了那么几年，就陆续消失，那些店主纷纷改行。更让我感到不可思议的是电影院又开始风靡于很多世界，总觉得，在那个旧城，早晚会有电影院的重新出现。只能承认，电影院消失的原因，我百思不得其解，但它就是在我的亲眼目睹下消失了，而且消失时竟没有像录像厅消失时让我们唏嘘和感慨。

我眼前的木器一条街，异常喧闹还多少有些繁华的意思，这样的繁华与那几年的喧闹与繁华不一样。一些店主还在开着那些已经装修一新的店铺，但更多的店主把铺子租出去，他们于我而言，现状不可知悉。我们已经找不到任何的理由打探对方的现状，这里的“对方”是复数，是很多人。与录像厅有关的有很多人，很多人背后有着很多的对于命运的注解，我似乎又在这里说了一些废话。

我在进行着的是往回看，往回打捞一些时光和记忆，打捞一些面孔。只有我们自己。只有他们。时间退得太前了些。已经没有我们，已经没有我。我们只能作为他们的一个旁注。我在他们合影留念的那些照片中，还原着他们那时的生活状态，或者生存状态。在后来我来到旧城，我体验到更多的是生存的状态，那时我能清晰地分辨出生活与生存二者之间的区别。

关于他们，我用文字还原其实不是很准确，如果把那些照片往这里一摆放，他们那时的情形就一目了然。他们与后来的我们之间有着很明显的不一样（这时我们的出现就是他们的一个旁注），当然后来的“我们”已经被我局限在那么很少的一些人身上，像福东、仲华、财仁等，他们一定不会同意让自己只是成为旁注一样的存在，他们也可能不会同意让我把他们与另外一些人进行对比。在那些照片（不是我们的照片，而是他们的，我是在其中某个人的相册里看到了那些照片）上，我们能感受到的是躁动不安，而我们自己会表现得相对静默一些。

“我们”暂时退去，在应该出现的时候再出现。把表哥再次拉出来（请表哥原谅我的粗暴，其实在这个文本中不断出现的表哥与其他人，可能存在着被我误读的可能），他们中的一两个就住在某个民居里。表哥说他下乡回来时，感觉很气愤，呈现在表哥面前的是一片狼藉，几箱空啤酒瓶像烂醉如泥一样瘫软在地。表哥在看到那个情形时，便感觉有些空了，他似乎在那些杂乱无章的空瓶子和肮脏酸败的气息里看到了一些人的后来。他们是在其中一个民居里抽烟喝酒，烟雾把本就不是很明亮的空间弄得更加乌烟瘴气，而从他们的神色里看到的竟是乐于坠入那样的空间，在他们的异常陶醉中，那个民居变得模糊，它只成了模糊的空间，我们已经不会去注意那个民居本身。我在假想：如果没有烟雾笼罩和臭气熏天的话，我也乐于生活在那个空间里，那样的空间不适于众声喧哗。建筑本身就已经宣告了那将是适合静默的地方，而当建筑被他们喷吐出来的烟雾，以及他们所制造的喧嚷简化为一个空间而已之时，静默或者喧嚷与建筑之间没有多少的平衡，没人会在意建筑与里面的声响之间的关系，什么样的声响都行，里面贮存或生发出什么样的声响都行。

他们制造了一些属于他们那个青春期的喧哗。如果记忆朝我们的方向推，我们的青春期的喧哗与他们完全不同，其实我们也在另外的某些民居里制造了属于我们的喧嚷。暂时不让记忆朝我的方向推，继续回到他们身上。其中就有几个我的亲戚，这便是表哥为何看到那个狼藉的情形时感到恼怒的原因了。以偏概全。难免有失偏颇。他混迹于人群中，喝酒喝得正兴奋的他脱掉了上衣，露出赤裸的双臂，拳头一握，猛地又振臂一挥，眼神在酒精麻醉之下迷离涣散。另外一个人，与他惊人相似，唯一不相似的是另外那人裸露的双臂上文着一只硕大有神的蝎子，蝎子的邪恶神情随着他的血液在膨胀，我竟看到了蝎子正对着眼前的世界与世界中的人群的睥睨神情，蝎子微微上扬了一下它的神色，有着让人透心凉的鄙视。是鄙视，我一再肯定着。它在鄙视那样一群人的生活吗（这无疑有着一些主观情感在起着作用，就像表哥在看到这样的情形时，也会猛然间失控一样，而表哥在我眼里一直是隐忍的，不会轻易动怒，但那时他是动怒了）？

我呆呆地看着在黯淡的灯光下静伏着的小虫，我注视它足有一分钟，它猛然发现我眼神的重量沉压在了它那脆弱的躯壳上，它笨拙地负重奔逃，奔逃的速度很慢，里面竟有了几丝悠然舒缓的意味，那已经不是奔逃了。他们在旧城里所留下的生活痕迹都是粗线条，那样的粗线条制造了一些悲剧意味浓厚的命运感，也有那么一些人逃脱了粗线条的作用。他们中的一些人选择了去某个城市打工，其中有两个人在那时就有了很大的酒瘾，并最终被酒瘾麻醉得慵懒无度。李兴堂却是例外，学木雕的他在省城的一个车站旁开了个饭店，生意兴隆。那时李兴堂也是他们那群人中的一个。表哥只是看到了其中几个人的命运。我在那些照片中寻找着自己认识的人，除了李兴堂外就是他们两个人。他们两个人的现在，其实都不容易。其中一个在省城打工了一段时间后回家务农，娶了一个外地女人，育有一子一女，本应是还算其乐融融的生活，现实却不是这样，他不断酗酒家暴，最终离婚，现在在村里有一些酒伴，整日无所事事，沉迷于饮酒。另外一个，在不喝酒清醒时，还是想着把自己以前学到的技艺保持下去，有时凌晨六点就会起来练字画画雕刻，但酒总是戒不掉，一沾酒一切付之流水，只剩下一些空的虚夸与沉迷。我似乎在他们现在的状态上看到了他们更远的未来，与表哥一样，可能判断未必就是那么准确。他们现在偶尔会回到旧城，其中一个人的女儿回到了他曾就读的职中读书，他的女儿很少去旧城，他也很少会跟女儿谈起他曾经在旧城中生活的种种，那时他没有酗酒，那时他像一个父亲。另外一个人，重新回到旧城，并打工了一段时间，但依然无法戒掉对酒精的依赖而离开旧城回到出生地。这只是他们两人的现在，在这里，我将不对他们的以后进行任何的猜测。我们永远无法肯定看到了一个人的未来，我们最多看到了一个人可能的未来，我内心里同样希望两个表哥的生活都能很好，其中一个表哥已经把酒戒掉（在上文里，我还说到他沉迷于酒，并曾肯定他无法把它戒掉，但事实并不是如此，我可以算是迅速被自己打脸了)，在我生活的那个城市的一个工地上打工，他说等两个女儿毕业之后，他便可以去往更远一些的地方打工。如果，我提到的这些表哥可能看到这些文字的话，我希望他们不会怪责我。我希望他们一切都安好，就像他们也希望我安好一样。

阅读随记：

《米沃什词典》。米沃什著。

往回看。召唤一些亡魂。保持警觉，独立性，旁观者眼光，以及介入者的勇气，特定的历史，一些人的悲剧与可理解性与不可理解性，暗藏良心的苦痛与觉醒与平视与审视。保持谨慎，保持一个小地方人的谨慎，为了免除精神中心与精神家园的失去，为了避免时刻被骚扰，让外面的喧闹继续喧闹。转瞬即逝的东西，可以成为永恒，只要抓住或能迅疾地一瞥。坐在角落里，回忆、观察并思考，打捞那些昏暗沉闷的记忆，唤醒记忆中的光、火、雷电、森林、水，打捞一个人的醉态，一个群体的醉态，毕竟我们轻易就会忘记自己的醉态。一些柔软美丽的地名，一些粗鄙不堪的地名，一些被残暴破坏玷污的原本宁静原本富有浪漫气息的地名，一些人与灵魂生活其间。一些人，无助，迷茫，流亡，被生活的无意与有意击垮，命运感的荒诞；一些人在追寻内心的自由，让内心的河流泥沙俱下，同时裹挟着断木残枝，对于毁灭进行着必要的反抗；一些精神分裂症患者，被恐惧感困扰，处于生活的边界，最终无力保护自己，不明就里地死去；很多人为自由而斗争，很多人死于幻灭，死于集中营，共性消失，个性凸现。重构时间与空间，重构那些值得注意值得记忆的无数细节，重构现实的无数维度，但有时也会发现现实的难以捉摸性，会发现心理创伤的无法抚平，以及人类在世界悲凉之下的凄凉境遇。

十三

【银器店一号】

这是其中一家银器店。旧城中，有好几家银器店。不是本地人，基本都是来自另外一个县的一个村。我们一家人曾来到那个久负盛名的村子里，到处是银器店，那时女儿刚满四个月，我们要给女儿挑一对银手镯。在那个村，店主初看我时，顿觉讶异，见我神色呆滞，幡然醒悟认错人了。女店主问我哪里人，我把旧城和盘托出，我们谈起了银器店在旧城的出现。那个村子远近闻名，新华村，在我把“新华村”说出来时，你是否也有所耳闻？但我们不再纠结于这个问题。如果纠结于那个村子的话，更多被我拉扯出来的都将是有关银器的记忆与想象。或者我就暂时在那个村子里停住一会儿。对于那个村子，我印象最深刻的是水（竟然不是银器），有很多水塘，水塘边是摇曳的水草，水塘里是成群的水鸟在嬉戏，有着那么多的水塘的村子，总会有着一些美得让人诧异的东西，同时也可能会滋生出一些湿重诡异的故事。回到旧城，旧城往下，可抵达一个湖泊。那个湖泊，以及“新华村”那个村子里大大小小的众多水塘，我还未真正走出那个村子给我制造的梦魇。竟然会有那么多的水塘？我的注意力在水塘与银器之间来回游动，那些水塘里的生命与潮湿与丰茂，制造了万物的生长与世界的神秘，那些银器于我就是神秘之物。也应该是有那么一些神秘的传说与事件，在那个世界发生并繁衍。水塘很重要，如果那些水塘干涸，这只是一个有些歇斯底里的担忧而已，但毕竟又有太多的河流水塘，在我们的目击之下变成臭水塘，有些甚至彻底干涸。让忧思暂时沉睡，我眼前的那些水塘没有任何会干涸的迹象，一些水鸟的叫声此起彼伏。

那些手工艺人用锤子和刀具慢慢敲打着镌刻着，我拿着其中一个手镯在亮光中仔细看着，我的目光也应该对得起那些真正的匠人才是，只是我的目光失去了凝神的力，变得有些涣散，我猛然意识到了涣散的目光，赶紧把随着目光涣散的心力收回来。图案精致，线条纤细复杂，一些寓意，一些象征意，有时朴实，有时却繁复华丽，跟随着其中一幅图案，就可触摸到某个匠人的一种或多种思想，简单的图案中的思想，思想着的图案，流动着的银质，聚会在一起的银质，还有梦想的光，银质如梦。

一号银器店，是我命名的，这时我已经彻底从那个村子回到了旧城，那个银器店是有自己明确的店名，我在这里是为了有意模糊，有时我害怕明确，我真希望自己出现的世界能多少是模糊的，是无法把握的，是有着多种可能的。我正以自己的方式在简单命名，没有任何讲究，只是我刚好进入了那家银器店，那是我第一次进入的银器店，从那个银器店出来，我可能就会进入另外一个银器店，那时我进入的将是银器店二号，以此类推。我和妻子，进入了一家又一家银器店，店主正拿着凿子、小铁锤等器具在制作着银器，他们需要的是极度的耐性，他们往往意味深长地朝我望一眼，然后继续进行着敲击打磨。安静的现实，或者是安静的幻象与安静的唤醒。我就那样观察着眼前的世界。

离开现实，离开幻象，进入另外一个现实与虚幻的世界。那可能是银器店二号，也可能是卖别的物件的店铺。银器店一号与二号三号等之间，粗看并没有多少区别，它们之间其实还是有一些区别的，那是表现在细处的区别，那是属于工匠在具体银器上面所想雕刻的艺术理想。银器店的接连出现，让旧城与很多古城有了相似的东西，这也是在多年以前我们不曾想到过的，它们的出现并没有让我们有猝不及防的感觉，我们竟觉得它们的出现再自然不过，这与别的事物在旧城中出现对我们所造成的冲击不一样。

旧城里发生了好几起火灾，这里只记述其中的一起，一起不是意外的火灾。另外一个旧城里发生了一起火灾，那是意外，据说一些人在面对着无法阻遏的大火吞噬着古老的城楼时，泪腺崩塌，泪水横流。我开始搜肠刮肚地回忆着发生在这个旧城的火灾，我也多少想找那么一起让我们这些身处在旧城中的人印象深刻，甚至涕泪横流的火灾。无疑我是要失望了，发生的火灾不是很多，而且最多只是让一些人发出了几声唏嘘，我也基本不在火灾现场，最多只是见到了火灾过后颓败的现场，有时是有那种复杂的泪流的冲动。

那些连在一起的建筑，如果发生火灾的话，后果不堪设想。火灾吞噬的将是记忆，火灾发生的场上重新建起的将是另外的记忆。记忆的层叠，记忆的覆盖，以及有关记忆的遗忘。在混沌中，我想起了其中一起，印象深刻，但多少有些讽刺意味的是那起火灾，我依然不是作为一个亲历者。

这里将要简略记述的这起火灾，讲述的人无法平静，我在听的时候也无法平静。在那之后，只要提到那个旧城的火灾时，我就会第一时间想到这起火灾，这起火灾具有了那种让人印象深刻的诸多特质。讲述人并没有把讲述的重点放在火灾本身，而是放在了火灾之外，必然只能放在火灾之外。在那人的轻描淡写后，我抑制不住好奇心，出现在了经受火灾的建筑前面，颓丧的建筑，已经不完整的建筑，火势竟然遏制住了，如果没有被遏制的话，眼前将不会是那样的情形，会不会就只剩下一片灰烬？在面对着那些必将被彻底推去的建筑，你的注意力不集中在建筑和火灾身上，那是先入为主在起着作用，我们都把注意力集中在火灾背后的事件上。那个偌大的建筑里面只住着两口子。近乎灰烬的现实背后是人的消失，那个建筑的意义也消失，重建那个建筑的意义似乎也消失了，只是已经有好长时间没有经过那里，也不知道那里现在到底是不是如我心中所想，抑或是与我心中所想完全不一样。这个留待我过些时日去实地查看一下，我是要专门去一下的，至少为了去满足我内心的好奇与别的一些想法。

那是一起阴谋，一起可以说是精心策划的火灾。一个外省人来到旧城做了上门女婿，他媳妇久卧在床。那个外省人一直为外人所称道，直到这起火灾真相大白之后。生活给了我们太多的迷雾，生活的复杂与庞杂远远超过了我们所能接受与想象的程度。让所有人都没有想到的是他制造了那起貌似意外的火灾，媳妇被活活烧死。他继续制造假象，一开始并没有多少人怀疑那是谋杀。过了短短几天，办案人员便发现了诸多疑点，发现了那个外省人在外面有一个情人，还发现了别的一些蛛丝马迹，这起谋杀事件才得以告破。许多人聚集在一起咒骂那个人，咒骂自己竟然被假象骗了。无法抑制的情欲以及其他更为复杂的东西，逼迫着他们计划着该如何才能快速在一起。我似乎听到了那个女人声嘶力竭的喊叫，她已经等不及了，她觉得等待没有尽头，瘫在床上的女人没有任何生命要停止的迹象，他们一定是曾耐心地等待和憧憬过，破案后那个女人如实交代。

我们都感到不可思议，一个人竟可以制造那么多的迷雾。在后来被审讯之时，他说并不是为了谋财，只是因为无法扼制的情欲，他是被情欲吞噬了。这样的讲述是无法让我们感到信服的，我们还猜测了一些有关这起事件的原因，有些原因有其合理性，有些原因并不合理，显得有些荒诞。荒诞的形象，与曾经的形象之间的撕裂，这是在一些时间里无法让我接受的，我们也由此坚定和接受了是有那么一些人，长时间生活在面具之下的现实。

生活在面具之下的沉重与喘不过气。这时我要重新回到自身，自己是否也有过生活在面具之下的时候？该如何才能把那些已经镶嵌进皮肤里面的面具拿掉。我们已经给他想象了无数个不杀妻子也不制造火灾的理由，但我们的理由应该是都没有成立，在审讯人的口中，他的思维异常缜密，他冷静得让他们都觉得有点害怕。

这可以算是一次对美好事物的毁灭，有时我们会疑惑难道一切美好的事物都无法长久，我们都不敢相信现实真会这样，毕竟有时现实并不如此。他出轨的那个女子，曾出现过，没有大家所想象的那般惊艳。据说，前些时日，为了恢复旧城整体的效果，那个建筑也得到了恢复，里面又住进去了一些人。我原来以为那个女人被害之后，就不再有什么人了，没想到会有好些亲戚在这时及时出现，并很及时地住进了那个新的建筑，似乎没有任何非议，我们已经无暇去顾及和评判他们。

阅读随记：

《如此苍白的心》。哈维尔·马里亚斯著。

秘密。谋杀。自杀。罹患疾病。对世界的看法。否定一些东西，冒犯一些东西。各种问题，各种对抗，各种冒犯，爱与暴力，谎言与真实（语言作为工具在某些时间里的危险与恐怖，语言制造谎言的同时，也制造并蔓延了暴力），沉迷与深陷。如何脱身？或是为何要脱身？那些被吞噬的还来不及脱身的肉体与魂灵。有些东西一直存在于我们的生活里，与某些驻扎或流连忘返的感觉博弈。无所适从，痛苦与恐惧的相似，对抽象未来想象的破灭感所带来的恐惧与痛苦。召唤时间，召唤刻骨铭心却无力述说的过往，一切已面目全非，一切的记忆已经被篡改或混淆。“人与人之间的任何关系总是衍生出一堆问题，一堆对抗，还有一堆冒犯与羞辱”，如何处理关系与问题？关于时间，关于沉默，关于其他。立体的生活变成了平面的生活。会无端想起旧城里的那个谋杀案，如此苍白的心，心如此的苍白。

十四

【私人博物馆】

我忘了那个牌匾上写的字，我甚至忘了到底有没有牌匾，但我能准确说出的是那是属于私人收藏的物的堆积。属于民间的私人的，是让人惊诧的。我提醒自己不要轻易陷入礼赞式的文字表述中，有些礼赞式的文字会让人作呕，眼前的场景还是让我感到很惊诧。没想到一个私人的博物馆，竟然会有那么多庞杂的东西。那么多的东西聚集在一起，大致分类了，只是大致分类，同一样的事物聚集在一起（应该是堆积在一起），毫无规律可言，没有任何摆放方面的特长，在面对着同一事物的数量的众多，那个负责摆放的人（现在隐藏在暗处，可能是这个也可能是那个，也可能早已消失在时间的深处）感到左右为难，那个已经隐藏起来的人把那些物件按门类分开后，就不再细细分下去了，那个人似乎有着自己关于时间与物件与摆放的理解。我在那个空间里让自己静下来，并尝试在脑海中进行一些摆放，没能静下来，没办法摆放。很多人可能也和我一样在那里摆放过那些东西，都无能为力，那同样是需要耐心以及别的一些能力才能解决好的。有关摆放，同样也只是个人的揣测，我一直没有把揣测的心理放在一边，揣测在一些时间里阻拦着我抵达一些真实，有时又会让自己抵达某些空幻的世界。

我就在杂乱无章的种类与数量的冲击下，在那里让思绪无端掀起一些微澜。那些有着时间感的事物，它们的命运同样多舛，这像极了人，像极了别的一些生命，灵异中有着唏嘘。微妙的对于这个世界的感觉，缠绕繁衍变得枝蔓庞杂，花多少时间才能穷尽这些物（即便只是对于这些物的浅意认识，都将需要很长的时间，更何况这些物相互对应的将是多少的时间与空间，以及事件，有着强烈的历史感，还有强烈的不可思议感）?

强烈的贫乏感，一直在内部充斥着碰撞着，结果便是我早已在另外一个不属于民间不属于个人的博物馆——南诏博物馆，但我还未从那个私人博物馆里回过神来。牌匾上写的是“私人博物馆”吗？如果有的话，从其中可以读出很多的复杂意味。贝叶经，那是我曾经在潞江坝见过的，我只是见过一些残片，而在那个私人博物馆里，有一摞，我虽然不懂，但我了解贝叶经，眼前的这些贝叶经有关日常还是有关神性？我至少是看到了属于那个时间和空间对于文字的尊重与对于某种信仰的笃信，还有很多别的东西和感觉纷至沓来。

许多的物，错杂，随意摆放，各种时间的交杂，那样的交杂又给人另外的多重感觉，就像是纷繁的时间所给人的感觉一样。那个民俗博物馆，是巍山县城那些古建筑群落的一部分，巍山的古建筑群保存得还是好的。那是一个到处充溢着慢时光的小城，我们在里面待的好几天时间里，总觉得自己早已习惯了快节奏的生活，而觉得自己与那座小城之间有着割裂感。我们就在这样的割裂感中在小城行走着。直到进入那个民俗博物馆，直到进入东莲花村以及别的村落后，我们才渐渐把那种割裂感消除，并让自己的目光慢下来。我们在那个民俗博物馆里待的时间，以及在那些古村落里待的时间都足够长。在那个民俗博物馆里，我们有意慢慢地接近那个世界，你必然要让自己变慢才能把那些庞杂的物梳理一下，但我一直无法真正把它梳理清楚。

在那些贝叶经前面我站了好长时间，在那些傣陶面前我同样站了很长时间，在那些甲马雕版前面我同样驻足了好长时间，甲马图案有好几百种，一些有关口号的雕版都有，也许，那又是一种民间艺术的自我保护。甲马纸所起到的是联系两个世界的作用，而在看到那样充满口号性质充满革命与粗暴性质的甲马时，会让人有一些思考。在那个世界里，我们很多人都开始思考一些东西，我们更多是在回望，那是真正在望着过往的物来完成有必要的回望。从门口一进来，那是有关占卜，有关狩猎的物，一些动物的头，一些动物的皮，一些用于占卜用的蓍草，老人在给我讲述着狩猎与那些动物的头与皮之间的关系。人与自然的相互碰撞交融，就在那些由过去不同时间留下的物所组成的世界里完成了独有的表达。这必然是一个让人随时意识到缺失的行程，也是不断地被填充的过程。对于很多地方，在这之前我都只是耳闻，而这次是真正地见到了那些在别人口中一直以为是夸张化了的世界。民俗博物馆，时间就在那样很小的院子里错杂，进入任何一个门可能抵达的就是不同的时间与空间，进入同一个门，进入的往往也是不同的时间和空间。

时间的奇妙，在那个其实并不是很大的院落里聚集、释放，丝丝缕缕。那个已经逝世的民间收藏家似乎是在以这样的方式，表达着对于时间以及时间制造的物与世界的迷恋。我们会经常聚拢说起这个世界与角落是怪异的，或者说是不可思议的。在那些群山之间，有着很多感觉不可思议或者是怪异的物事。我们面对着的是一个对收藏有着痴狂的热情的世界，是一个把美感的幸福与痛楚都拢在一起的人，在这之前，在民间，我还不曾见过那么多的东西。那个民间收藏家以自己的方式在梳理着时间，以及时间制造的诸多美感。好几百幅的木刻黑白版画，上面的图案很丰富，那是通神的物，印制出来的图纸根据上面的图案来决定用意。在那些众多的版画里面，我们又看到了一个关于某次粗暴的革命的版画，如果不仔细看那些版画，那张有着特殊意味的版画将会被我们忽视，这里面确实隐隐有着传统曾以无奈的方式保护自己。粗暴的革命与完整的小世界，二者无疑是冲突的，该如何才能让美感在时间面前存活？

提到另外一个世界里的私人博物馆的用意，其实也是为了说旧城的某处同样有着一个私人博物馆，很多人都曾在我面前有意无意说起，它就藏在暗处，藏在某个隐秘而偏僻的角落，里面只有甲马，想象的空间里出现了比在巍山那个小城见到的多几倍的甲马。私人的，博物意味的，同样充斥着时间感的。那时我们好几个人在民间博物馆堆积着的甲马前面，有好几个人跟我说起了旧城中的民间博物馆，问我说去过吗，跟我说那是值得一去的地方，那是单单从甲马而言是比眼前更为庞杂更为摆放有序的世界。时间在奔走，一种艺术形式可能也在奔走，也可能并不奔走，而是暂时停住，甚至是往回走。我在旧城中目标感很强地到处走着，主要是为了那些甲马。只是我一直没有找到，有时我竟然会有是不是那个地方，并没有存在着那种私人博物馆的疑惑，它只是以传说或者别的形式存在着。我问了好些人，竟都朝我摇了摇头。空间，时间，地理，艺术，民间艺人，这些在那些人口中消失，在我口中却变得越发清晰，只有地理在日渐模糊，模糊得有些神秘而诡异。那时，我站在了旧城的某个十字路口，那个私人博物馆会不会就在那个我能望到的尽头。

我再次见到了他，时间已经过去了很多年（至少有十年），真有一种恍若隔世的感觉。在那一刻，我又开始认真感受着时间，审视着时间，甚至有点想粗暴地审判（是太过粗暴了）着时间，我意识到必须以这样的方式对待时间。时间被无限拉长，时间与时间相互楔在了一起，但时间之间还是有众多缝隙，他就是生活在其中一个夹缝或多个夹缝中的人。这依然是站在我个人的角度在看他，这样的角度把他的生活以及精神状态看得很不堪，至少他的生活是有一些不堪的，只是他的精神似乎并没有我所认为的那样不堪。

那是多年以前，我们猛然发现他失去了记忆的能力。一个失去记忆能力的人，幸又不幸。我们作为拥有记忆能力的人，在很多时候却要承受着记忆带来的无限苦痛、迷茫与焦躁不安。现在，我就是在梳理着关于旧城的记忆与行将要成为记忆的物事人。已经过去了那么多年，但很多见到他的人，一定不会轻易忘记他，他一直隐藏在我们生活的暗处，在一些时间里会浮现出来。我是会经常想到他，他的每一次出现，都可能与我的恻隐之心，或者更为准确的是惧怕恐慌之心有关。我们都在内心深处想拒绝成为那样的人，这里没有任何偏见，只是内心渴望与弱小彻底告别。

现在不用让有关他的印象浮现出来，他就在眼前，隔着那些司机几步远，他与多年前一样，现在需要浮现上来的是他的过往。从第一次见到他起，我便对他印象深刻，他的形象具备了那些能让人印象深刻的特点，别的许多人已经从我们的世界中消失了，他却成功占据了一些人的世界的一小部分，这又将牵扯到的是幸与不幸了。他很自然地朝我瞥了一眼（他被我们定义为一个失去记忆的人，这样他便可以以陌生的眼光打量着那个世界，我们在他的眼中看到了打量世界的明亮的光，那种惊奇，那种兴奋，与孩子无二，这时我们又突然觉得他还是一个已经停止了成长的孩子。我们见到他时，他就是一个孩子，前面是他的父亲，现在出现在我们面前的他，虽然父亲不在旁边，但他依然有着强烈的孩子的特点，他依然表现出那种不可思议的兴奋与惊奇，这又将牵扯到的是幸与不幸了），他以那样的方式不断观看着那个世界。我竟慌了神，我赶紧低下头，这样的再次相见无疑是尴尬的，他依然如多年以前一样境遇尴尬，而我在这么多年经受了世界尘埃的沾染后，也成了境遇尴尬的人群中的一个。他没有认出我，好几年过去了，我面色黧黑，精神时而恍惚，更多时间迷茫无力，更何况他是比我要更为恍惚的一个（这也是多年以来对他的误解，他只是在一些时间里表现得有些恍惚，在其他时间里，他表现出来的却不是这样）。

我一眼就认出了他。那时，我提着东西朝车站走去，他在那些面包车旁呆呆站着，他的游走范围开始扩散到了那里（这也只是我的臆测，旧城的那个小小的范围对任何人而言都不是难事，只要你想花点时间，只要你有着不断往下走的渴望，但我一直在找借口没有多少时间可以穿梭于旧城的所有角落，才导致直到现在还没有找到那个私人博物馆，还有很多像那个私人博物馆一样的建筑与别的物和人隐藏在旧城的暗处，由于你自己的原因，它们依然在暗处）。重要的只是他一个人，这是我没有想到的，也是不曾想过的，这与印象中的他不一样，印象中的他总是跟着他的父亲后面。他的父亲在前面拉着三轮车，他在后面象征性地推着，两父子一前一后，这样的情形现在我不用缓缓把眼睛闭上都会出现。在那时，我总会有一种替他担心的感觉，我曾多次假想过他离开父亲，或者父亲离开他时，那可能会是一种孤独与无助，现实似乎并不如此，现在他就是一个人出现在我面前。

站在面包车旁边的他，一个人一如往常地出神，没有人和他交流，这与多年前一样，唯一与那时有区别的是当时我们很惧怕他，我们曾多次被他堵在他家房子的拐角处，我们曾多次为了避开他而绕道而行。现在我依然想快速避开他，这样的行为里面并没有和当年一样的惧怕心理，而是一些不敢面对的心理在作怪。我是不敢面对他，我更不敢面对着他跟着父亲后面的画面，他的父亲呢？我从他身上绕了开来，我又开始去想了想他的父亲，他们两父子在外貌上几乎就是一个模子里面刻了出来，但只是外貌上相像。

现在经常会回到旧城，但没有见过他的父亲，关于他父亲的各种猜测同样也出现过，都是一些较为残忍的猜测，里面也是有那么一些较为柔软温馨的猜测，这些柔软温馨的猜测往往又没有存在的合理理由，我们也知道现实里面还是有很多不合理的东西存在着。特别是我从他家门口经过时，看到的依然是土墙。土墙在那时说明了一些东西，在旧城已经很难见到土墙了，有土墙的往往是那些虽然生活在旧城但生活还是有些窘迫的人家，他们无力改变着什么。

时间又回到多年前，我从表哥家出来，从艺术团的大门出来，约上了一个同学，没有任何犹豫就走在那条路上，走到一个拐角处，他猛然出现在我们面前。那是他第一次出现在我们面前，在那之前，没有人跟我们说过可能会遇上那么一个稍显怪异的人。我们面面相觑，不知道该怎么办，他开始用咬得不是很准的字眼絮叨着什么，我们脑子一片空白，我们一闪身就躲开了他。这很明显激怒了他，他可能急切需要跟我们进行一些交流，我们明显让他失望了，很多人也让他失望了，他曾想借助我们得到的解脱或解救并没有发生。他一直就在那个拐角处等着人们的出现，然后给人们猛然一惊。我们就在那时体会到了生活的各种拐角处，可能会有一些东西在等着自己。

现在，我想快速避开他，我怕他会像那时一样对我絮叨什么，我站住转过头，才发现他并没有想要与任何人交谈的想法，而是把目光呆呆地搁置在某处，我跟随着他的目光，才发现他看着的只是虚空。他的目光所到之处没有人没有建筑，而是虚空，或者是不用抬头就看到的蓝莹莹的天。

那是某一天，才刚过去没多久的某一天，在旧城的某个角落里，我猛然见到了他的父亲，让我倍感诧异，又倍感一些安慰，这同样是没有任何心理准备的相见。他依然拉着三轮车，里面依然是一些打扫用的工具，只是他的背后空落落的，那时没有任何人出现，那时没有他的儿子，这时我才猛然意识到关于他儿子停止了成长停止了变化之类的看法都是错误的。可能我们已经很难见到那样的情景，不知道是给人温馨还是别的什么样的（反正有点复杂）感觉的情景。

阅读随记：

《白天的房子，夜晚的房子》。奥尔加·托卡尔丘克著。

梦。白天的梦，夜晚的梦。由梦制造的迂回曲折的迷宫。梦的衰老。梦的弹性的逐渐丧失。梦的边界与现实的边界。躯体与鸟，鸟成了被躯壳包裹着的灵魂，鸟在体内叫喊，灵魂在体内叫喊。苦涩的信念。讲述者说：我是一个内心迷失的人，我是一个靠梦活着的人。世界的死亡。染病的灵魂。死亡的迷宫。死亡吞噬着脆弱的外壳。死亡之卵。魔鬼的诱惑。骤雨风狂的现实与内心的共生。在黑暗中感受着心灵的不安。内心的异化、幻想与强压。人与狼，人的臆想，生病的人群，内心里面对于变成狼的恐惧与无法控制，灵魂成兽，并在一个夜间如兽般嚎叫。变换身份。身份变换。人变成兽。男人变成女人。远离世界的咄咄逼人。扼住喉咙，避免发出某些声音。生活的意义与无意义给思想带来的动荡。“忧烦焦躁贯穿了他们的梦境。”而似乎旧城中的那对父子，特别是“子”，即便在很多时间里恍惚着，但在他那里似乎看不到任何的忧烦焦躁，而恰恰在他的父亲那已经满布的皱纹里看到了一些让人心疼的东西，特别是了解到他儿子的情况时。“子”靠梦活着。“父”靠“子”的梦活着。

十五

【康某家】

我曾多次去过康某家，他家就在原来的电影院旁边，原来他家被杂乱燠热颓败所包围，现在电影院搬到了别处，那里建起了一些新的建筑，原来的杂乱燠热颓败消失殆尽，燠热感竟也能在那样的变化下消失。这将是被细化的为数不多的建筑之一。挖空心思想再现他家的建筑时，我没能做到，连个模糊的印象都没有。相反他家里面有好些书籍，却给我留下了深刻的印象。我看到了好几本自学成才的书，因为那几本书，有那么不长的一段时间，我竟迷恋起自学成才，只是我没有找到方向，直到现在我也没有找到自学成才的方向，我就在那种概念性的东西的困扰下在旧城中游荡，学习生活浑浑噩噩，最终回到了乡镇上复读。那次回到乡镇上复读，对于我而言，无疑是一次触及内心的打击。后来再次回到旧城读高中时，对旧城的认识，已经和之前有了很大的变化，从那时起，就没再见到康某，直到后来听说他在旧城中开了一家装裱店。康某家的建筑与旧城中别的那些建筑有很多方面是相似的，可以想象一种明确而被规划过的美学思想，曾深深植入到旧城的诸多细部，而现在不同的美学思想与曾经的美学思想之间有了无法调和的东西。康某家堆积了一些建筑材料，已经有多年没有从康某家经过，但随着堆积的建筑材料的消失，那个建筑一定是发生了一些变化。我完全可以与他重新联系上，并从他新开的装裱的房间里进入那个我曾多次来过的建筑，只要一进入其中，我那些好奇瞬间就能得到满足。只是已经有很长时间没有联系了，时间可能早已把我们之间曾经的那种熟悉的信赖感淡化，甚至清除，我偶尔从那个建筑前走过，但并没有进入其中。最终，这并不是被落到细部的建筑，这只能是落到人上的建筑，建筑只是表象，这时建筑似乎与我们并没有多大联系。

过往的时间与正在或已经变成过往的时间交织在一起。我在想象与回忆中，把这些时间像定格的照片、定格的画一样随意抽取出来，其实真正想要抽一些碎片出来时，才发现过往的时间背后的很多东西已经发霉已经模糊。我现在近乎绞尽脑汁地打捞着那些可用不可用有意义或无意义的碎片，更多是关于一些人的命运的碎片。细数着那些过往的生活与精神的轨迹，我感觉到更多的是细数的无力，真正无法把那些复杂的感觉描述出来。在尽力细数之中，有了一些铭心刻骨的反思，我会想到那些时刻日渐消散，日渐随着我记性的退化以及别的诸多原因失去了原来的样子。我努力捕捉那些日常生活中美好的瞬间，努力最终溃散。

在旧城中，我度过了人生之中最为重要的时间段之一，我的个性得到了一定程度的塑造，我同样在沉陷中感觉到了回转过来的艰难。在一些时间里，我是一个恶棍，让很多人都感到厌倦的恶棍，让自己都会感到厌倦的恶棍。如果去问问我的表哥，表哥一定会对当时的我深恶痛绝，这里貌似夸大了，事实却是如此，并无夸大的意味。一些时刻，会让我有以理想为荣的激动感，但这样的时刻太少。我是应该责难自己，我不应该沉醉于虚无缥缈的理想与虚幻的想象之中。我要感谢一个叫王青的同学，那时我是对她有着一些微妙而复杂的情感纠结，这里不提那些情感纠结，已经有好几年音信全无了，我在云南的某个州市的一个村子里教书时，我从别人口中听到了他们全家搬到了那个州市，也就仅此而已。我们早已不是原来在旧城中生活的人，我们已经经受了各种生活重压的重新锻打，而成了现在这番模样。真见面了，我们可能只会更多去感叹一下人生的变幻莫测，她也绝对不会想过会举家搬迁到那个州市。她对我很重要，重要的是她借给了我一些书，一些类似阅读启蒙的书。如果没有那时她在阅读方面的引导，我也不知道什么时候才会遇到那种让人有灼烧感的阅读。

正在分崩离析的我们，王青从我的眼前分崩离析，许多人分崩离析，世界变得模糊而黯淡。读高中时，再次回到旧城，我看到了分崩离析的很多人，正努力重新让那些纷飞的碎片聚集在一起，像福东和我都曾在旧城读过初中，又都回到乡镇上复读过，我们可以算是被青春的慌乱扯碎过的人。重新回到旧城的福东和我一样都已经变了，变得至少不再像初中时那般幼稚。就是这时人生中最重要的阅读出现，就是开始于王青的阅读。王青只给我留下了阅读。王青，以阅读的方式把我的内部彻底填满了。我总会想起她，只是早已想不起她的真实影子，只剩下了她递给了我好几本名著，其中有几本我曾重读过。我曾打听过她，她无疑在我的一生中占据了极其特别的位置。我们的交情也止于阅读。我在她家搬迁之前的很多年开始，就再也没有见到过她。她只能在我的一些想象中存在着，想象便经过了我的一些篡改，想象中的很多往往并不真实。财仁偶尔会和我提起她，财仁同样觉得王青于我的重要。

我们在谈论王青的同时，还谈论到了别的好些人，有关人的命运感。财仁摇了摇头，福东摇了摇头，仲华也摇了摇头，我在想象中似乎也看到了王青朝我摇了一下头。提起王青，我总觉得自己所付出的那种讲述过程中的情感已经足够饱满，只是有关王青的事情留下的太少，那时大部分人都只是留下了单薄的学习身影。那时我们虽然也是一群有个性的人，但个性很多时候会被学习的现实所压制覆盖消磨。在那之后，我们在不同的世界不同的生活里摸爬滚打之后，我们的个性变化与命运转折是凸显了出来，只是那些杳无音信的人的个性与命运，只是凸显在某个世界与某个人群面前。王青就是众多杳无音信中的一人，我们只是不断在捉摸猜测他们的现在，只是没有任何依托的猜测都坠入了空。我们都意识到了这一点。我们开始变得沉默。王青从我们面前消失，我们再也没有找到把她拉回现实的能力。回到现实，只有我一个人，暂时回到阅读，暂时用阅读对抗笼罩周身的无形的力的压迫。

阅读随记：

《布拉格精神》。伊凡·克里玛著。

不自由对于作家精神世界的戕害，还可以扩展到其他方面的戕害。为何写作？克里玛说写作是为了否定死亡战胜毁灭，精神世界的不自由与精神的僵化与毁灭。那也可以这样延伸，阅读同样是为了否定死亡战胜毁灭，是对抗那些笼罩周身的无形的力的压迫。回到旧城，为何要写旧城，也可以算是为了否定旧城某些东西死亡的一种方式。旧城，一个在群山之间却让人惊诧的世界，至少在一些时间里是会让我感到，同样至少在一些细部会让我感到那是让人惊叹的精致与消散。旧城，有关建筑，有关文化，有关时间与空间的符号的存留。有时，我会迷信文化的力量。

十六

【×× 艺术团】

当耳边又响起了那个艺术团在练习声乐的声音时，我猛然意识到 ×× 艺术团所在的建筑，同样也是与原来电影院一样在旧城中突兀建起来的新式建筑之一。可能在我细数着旧城中的所有建筑之后，我还会发现一些这样的建筑。可以算是新式建筑在侵吞旧城的一些空间（我以为艺术团一直就在那个建筑之中，但最近我重新出现在那里时，发现艺术团在一个四合院之中，文化馆、非遗馆等都是在传统的四合院之中，它们似乎又回到了某种“旧”之中，似乎有种让传统回归传统的感觉）。

旧城是否要落到“旧”字上面，“旧”字一笔一画慢慢被侵吞。这样的侵吞早在我出现之前就已经发生了，那样的侵吞里可能也会存在属于一些很少部分人的阵痛，重建之中的一些阵痛。在这里谈论“侵吞”可能也没有多少意义，那就姑且不绕进去。建筑的形式，也暂且留给想象。那是多年以后，我才真正与艺术团里面的一些人认识。在这之前，他们一直生活在我的想象之中，他们的声音是真实的，他们的声音也不是真实的，里面必然要有那么一些假声。音乐是需要假声的，他们每天都在那个建筑里练声，他们不断重复着，并在特别细微处找出那些需要修正的细部，有些在不断训练之后，得到了完美的修正。这么多年过去了，一些人依然还在为了解决那些长时间困扰他们的东西（来自声音的困扰，来自艺术的困扰），而在努力着。一些声音是真实的。一些人更多是活在了流言蜚语之中。那同样只是别人所认为的真实。真实意义上的他们中的那么几个，是在多年之后，我也才触及了他们的一部分真实。

在想起这个艺术团时，脑海里总会出现那个家离县城有上百公里的女人，她平时就是在那些群山之上把调子唱给羊群，唱给空阔的群山，唱给神灵，唱给自己，一个没有认得多少字的女人，但声音很美。她代表的不只是独特，还是稀缺，现在离县城很远的那些村落里，已经很少有人会自觉去唱那种调子，许多调子消失，许多人失去了即兴唱那些调子的能力。那些调子就是女书（属于女人的，属于用调子来书写的），一个写在大地褶皱间的有关情感与命运的调子。她是通过唱调子离开了那个村落，那是她离开那些村落的方式，在那个村落里，以这样的方式离开的人仅她一个。那是她去往城市的一种方式，其实她还可以通过别的一些方式离开那个村落，但与多年前的我们一样，我们只是想到通过努力学习离开村落。多年前的我们，再没有想出另外一些离开村落的方式，而她连想都不曾想过，她的离开只是巧合，一些人经过那个村落时，听到了她的声音。她是遗落在那些群山之间的片羽，需要等待着捡拾，她无疑是被轻轻拾起了，拭去了上面的尘埃。

原来表哥家住在××艺术团旁边，我第一次来到旧城就必须经过××艺术团。进入大门，我突然被××艺术团里面发出来的声音吸引，并猛然惊醒。我听到了在那之前很少捕获过的音符，有一些人正在练声，那些不断被拉长和切碎的音符很吸引人。在那些音符里，我感受到了从未有过的愉悦感，同时也坠入了持续的忧伤之中。在那个大门口，耳膜出现了被击打的痛感，是痛感，我能清晰地把那种痛感复述出来，与被火灼烧的痛感很相似。有段时间，我曾在那个大门前徘徊着，目的就是想听听那些声音，同时想看看那些人是不是穿着时髦，长相是否漂亮英俊。我的记忆里（可能不是真实的记忆，因为在那之前我从未见到过艺术团里的人），那些搞艺术的人就应该是穿着时髦，女的漂亮男的英俊潇洒。

声音我能随时听得到，那些人却很难见到。渐渐地我开始满足了只是聆听声音的状态，对能否看见艺术团的人已经没有强烈的渴望了。我会在那个门口等待着一些人的出现，当然是艺术团里面的人，在我的印象里，那些穿着时髦的人群应该是一群自由的人，这只是与当时我的精神状态相对来说的。那些所谓的自由的人群，他们往往在我出现的时间里，把自己搁在那个新式的建筑里（相对旧城的民居样式而言），他们搁置的似乎只是一具肉身。在我的印象中，他们在那个建筑里的时间以及延续的声音超出了我的想象。那些人把自己搁在那些建筑里时，有很多人应该经常感受着某种来自音符的压力，那些音符是被某种规律束缚，他们只是在重复那种规律，他们在那个空间里用语言的形式复述那些静止的音符，同时他们在试图用自己的音色和情绪篡改那些音符。

我同样想到了那些舞蹈的人，里面一定还有舞者。舞蹈同样是一种无声的语言，我总觉得舞蹈里面应该暗含了某种程度的自由，应该比面对那些固定在纸张上面的音符自由很多，舞蹈的人可以用身体制造一种语言，一种重在表现细节的语言。我坚信只要一眨眼，那些细节就会消失，那些细节的意义就会远离我。因此，即便是在县城的那个陈旧的电影院里，我都会精神集中地把握那些细节。对音符的陌生，导致了在舞台下面听那些音乐的时候，我很难发现那些音乐里面的细微变化，我只会一贯地感觉到在许多个瞬间出现了短暂的愉悦感，那种愉悦感是与在艺术团门口聆听的时候，所感知到的一贯的愉悦。我在县城的那个电影院里，听到了一些人唱的白族调，我尤其迷恋女声。

在那电影院门口同样聚集了一些人，一些疯癫的人，一些乞丐，一些无所事事到处游荡的人。我仔细观察过那些人的神情，发现那些神情里有着某种程度的陶醉，我猜测那些人正在聆听电影院的声音，正在和那些声音进行交流，同样他们也在拓宽那些音符的限制。我们旁边那个乡镇里有个女孩，就因为能唱白族调，而去了艺术团，她开始进入了那片旧城，通过看她录制的那些曲子，我能隐隐地发现她的某些个性是一直游离于旧城的。似乎她必须把那种属于乡野间的个性磨平，才能彻底融入那片旧城，同时延伸到那片才开发不久的新城。以前，县城就只有一个舞台，就是那个县电影院，近两年里才在县政府前面建了个会堂。自那个会堂建起以来，县电影院似乎就彻底地陷入孤独之中，那是一种被时间遗忘的孤独，那是经过喧闹后陷入的沉寂，那是一种让某些人倍感恐慌的沉寂。在会堂前面，已经没有当年那些疯癫的人，那些乞丐，那些无所事事到处游荡的人。即便是那些人出现在会堂前面，也会因为会堂的隔音效果，而无法听到那些以前在县电影院外面轻易就能听到的声音。

艺术团依然在原来的地方，但不知出于什么原因，在表哥家搬离那片旧城后，我就再没有进入过那扇熟悉的铁门了。我似乎在刻意远离某些东西。经过艺术团，走入那时还没有搬走的表哥家。那时表哥家住的房屋布满格子窗，四面包围的格子窗，使天井总是呈现出一种幽暗的状态。在那个天井里待上一整天，不看表的话，很容易把时间弄错。时间在那里呈现出迷惑人的错乱，一整天，无论是哪个季节，几乎都没有太多阳光的渗入。现在，那扇大门消失，曾经新式的建筑依然存在，但里面不再是艺术团的人，而是聚集着一群退休的老人，成了老年活动中心。

（记忆的宫殿。记忆的色调总会暗些，就像记忆中的旧城更多是暗色调，情绪也由暗色延展，情绪也无端变得单一。为了改《记忆宫殿》，有意重新回到旧城。一个人，由于假日，许多的空间被锁，稍显意外的是文化馆里传出了一些童音，她们正在三弦的伴奏下唱着白族调，清越好听，也猛然间让那些郁积于胸的忧郁感伤消退不少。当记忆遇见现实，现实之中，我看到了更多的亮色。在县城生活多年，也经常会出现在旧城，但习惯总是让自己避开了一些空间，好几年就这样过去，习惯会让认识停滞，会让认识出现偏差。我明显是在文本中误解了这个特殊的空间，甚至误解了一些人的命运。记忆定格在了记忆的空间，记忆会在发酵后变得虚幻，现实总会让人一惊，记忆的空间被层层剥落。早已找不到那些熟悉的空间，总以为可以通过记忆找寻那些空间，实则再难寻觅。时间的色调在那些墙体上涂染，一种色调被另外一种色调遮蔽覆盖，有些完整地被覆盖，有些无法被覆盖，经过多年之后，厚厚的时间背后，是色调的斑驳与稍显凌乱。）

那个足不出户的人，他的偏执与不可理喻，不断被小城人说着，也不断被人们虚夸变形。当一个人在别人口中成为浮夸的个体时，我们竟没有感觉到那是浮夸，这类似在面对现实的荒诞时，我们并没有感觉到那就是荒诞。在这里他将以浮夸的形象出现，而足不出户是可以肯定的。他真的可以做到足不出户吗？我似乎听到了这样的疑问，我也有这样的疑问。

我看到他之后，疑问自行消失。阴雨连绵，大地泥泞潮湿慌乱。眼前的景象破败没落。内心里面的复杂情绪。逃离。等待。希望。迷茫。内心的恐惧。被困。恶念丛生。阴谋。背叛。幻象。异象。梦。梦碎。初始的破坏与困惑。记忆的衰退。记忆的丧失。在寂静的黑暗中生活的人，慌乱的人群，踯躅的人群，行将毁灭的人群。无法抹去的伤痕与恶的体验。魔鬼的舞蹈。尘埃熠熠闪光，在空中浮游。潮湿，雨水，雷电，风，火，尘埃回归泥泞。一二三四五六。六五四三二一。他是他们中的一个，又不是他们中的一个，他将是无比复杂的，毕竟这些语词把一个人定义得太过简单，或者更多时候他应该是这些语词的组合体。他身体的一些缺陷，注定了他只能足不出户。其实有些缺陷是可以通过一些方式解决的。他想要把所有的感觉器官都关闭，至少要关闭一段时间，至少现在（其实“现在”并不准确，“现在”只是特定的时间感，他已经离世了好几年，这样独特甚而在一些时间里显得有点怪异的时间感却一直存在，多次出现于记忆的花园与废墟之内）他还不想把感觉打开，他还不想好好感受眼前的世界。这在我们看来，同样是偏执和不可理喻的，我们多少人觉得应该把感觉彻底打开，好好感受眼前的世界。

他却没有这样的想法，他有意把感觉关闭，有意与真实的世界之间隔开一段距离。在他看来，我们所感觉到的真实未必就是真实，也可能只是幻象，也可能只是迷雾遮盖着的现实。他在抗拒着现实。他抗拒着任何现实。他把自己幽闭于房间，他想通过避开尘世的方式来理解尘世。他从未走出过那个建筑，很多人想搀扶着他走出来，到了天井后他就拒绝离开，他拒绝看到建筑大门的敞开。一些不合理的猜测出现。他可能患有幽闭症，他可能患有抑郁症，他可能精神上出现了一些问题，但这些猜测永远无法抵达他那里，至少是现在（依然是那个独特的时间感，同时也是我在遵从着从内心蔓延开来的，把某些时间与空间与人组构在一起的结果）已经很难抵达他那里，现在他已经是在那个古旧的建筑里独居，现在（时间回归正常）他早已从那个古旧的建筑里消失，没有留下任何有关他的痕迹。

我敲了敲那个门，那时与泥泞潮湿的环境相协调的是内心里面的慌乱感。我知道敲门只是徒劳，没有人会给你开门，你只能透过门缝朝里面望，我是朝里面望了望，我望到的是虚空，以及那些失去了形体的尘埃。我只能通过某次见到他的样子，和他在人们口中的浮夸化来想象他。他应该在尘埃背后。他应该在……

我猛然间觉得自己在那一刻认清了他，他在关闭那些感觉器官时，并没有让自己失去想象的能力。他借助想象，他只能借助想象，想象必须无比强大，才能让自己有足够信服的理由足不出户。他借助想象，让想象引着自己走远，想象中自己的思想以及另一具虚构的肉身，一个应该是没有任何缺陷的肉身，他拒绝用真实来感受真实。有时他通过梦来解构世界。梦幻，远离某些真实。一场大火意外发生（这又是我绞尽脑汁才想起的一场大火，也是当这场大火的火焰熊熊燃烧之后接近熄灭之时，我突然想起了与这场大火有关的他，这场火灾最后只剩下他的死亡，我竟没去关注这场火灾吞噬了些什么，我也没去关心人们对于这场火灾的看法。他，一个长时间独居的老人，这无疑是这个小城怪人中的一个，怪异到让你觉得不可思议，怪异到在把他呈现出来时会让叙述显得无力），当火焰吞噬着那个院落时，一些人冲进去要把他救出去，但他拒绝被救，由于火势蔓延，人们没能强行把他从那个院落里拖出去，最终大火把他吞没。其实，他并没能做到把所有的感觉器官关闭，反而是让他的感觉器官变得尤其敏锐，特别是听觉。他听到了艺术团的人在弹奏或演唱时的细微败笔，他听到了某只鸟正从建筑上空飞过，它正轻微地喘着气，他感觉到了在另外一间建筑里，有着那么一颗孤独不安的灵魂，在吱嘎作响的楼梯上上下徘徊着。那颗灵魂上下往返了多次，那颗灵魂经常失眠，他预感那颗灵魂最终会彻底毁灭，会被自己的不安所彻底吞噬。那应该也是一颗生错时代的灵魂，在这个时代里他只是有着无尽的苦痛与沮丧，那颗灵魂总觉得自己不是这个时代的人，那颗灵魂偶尔也会偏激地批判着一些现实。由于那场大火的原因，他没能知道那颗他能感觉到跳动的轻重的灵魂最终的去向。不知道他所感受到的灵魂，是否也在另外那个建筑里感受到了他的存在，是否也感受到了他灵魂的长久静默与偶尔的剧烈晃动？

阅读随记：

《荒原狼》。赫尔曼·黑塞著。

局外人。无限复杂的灵魂的苦痛。一个过于精神式的人物，一瞥就看透了世界的真实与脆弱，一瞥就看透了灵魂在混乱不堪的时代的混乱。时代的疾病，施加在人身上的重量。体内的荒原狼与体外的自己相互撕扯，思想与现实的撕扯，相互观望，相互审判，偶尔的相互妥协，相互交融。双重性，或是多重性，分裂性，多重的分裂性，不断被细化的分裂性与多重性。保持些许的独立性的难。内心的拥挤不堪，需要不断把一些灵魂从体内赶走。“遁逃者与失败者的告别”，在钝重的亮光中追寻一丝轻盈的亮泽。在镜子中抹去一部分自己。魔术剧场中的幻想、丑态、毁灭与救赎。“饱受一切痛苦之后，救赎就在痛苦的尽头。”

十七

【××故居】

旧城中有几个故居，当时在旧城中读书的时间里，这些故居背后的时间感和故居背后的人，被我忽略了。一些故居，一些生命。一个故居，至少一个生命。那些完成了真正生命表达的人，即便里面有那么一些人英年早逝，但在短暂的人生里，他们完成了让我们汗颜的对于生命的认知与对于生命意义的追求。这时我就在其中的一个不到三十岁就逝世的人的故居里，在这之前，我没有认真思考过过早逝去的生命与璀璨的人生之间的联系。他至少是完成了一部分让我们这些目击者感到震动的人生表达，我们不用怀疑，如果他的生命能够再绵长些的，生命的厚度必然也要增厚几分。如果是在那些迷失在旧城中的时间里出现在这个故居里，自己是否就会恰好受到震动，而少走一些弯路，但这样的假设似乎已经没有多少意义。当时，我是出现在了其中一个故居前，但没有进入其中。再假设一下，那时我真进入了其中，然后一个年幼的生命遇到了一个生命的轨迹，我是暂时迷失了，而另外那个年轻的生命，并没有迷失，从未迷失过。他朝着自己给自己规划的人生与理想奔走着，在一个战乱年代，生命需要的是奔走，而并不像当时的自己在故居前面懒洋洋的样子，并遗憾错过了一个真正的生命。那时，我便是以这样的方式，错过了无数让自己深受震动的生命。我竟被青春期的迷惘牵扯着，以致我多次从它们前面匆匆而过，竟没有朝故居（还未修葺一新）的幽暗与神秘处望一眼，如果那时朝里面望几眼的话，我可能会过早（或在恰好的年龄）接受那些更多是文化人的生命熏陶。很明显，我在那个时候已经错过了，而幸好现在出现的我猛然意识到了那些生命对于我的意义。有几个名人的故居挨得很近。当发现这样很明显，却也可能会被我们忽略的细节里，我们会怀疑是否生命的一些东西在那个空间里完成了某些隐秘的延续。这些故居与那些消失了的建筑不一样，它们往往被修葺一新，生命的尊严，生命的伟大，生命价值的体现，似乎至少被人们尊重着。当我出现的时候，我理想中的故居是那样子的，又似乎不是那个样子。其中一个故居所在的位置，在艺术团内部，我仔细看了看，才发现是那个名人的陈列室在艺术团内部。这里面有着一些稍显突兀的东西，艺术团是喧闹的，而那个生命的完成需要的是静谧，细细想了一下，出现这样的情形也有着一些隐秘的联系在支撑着。我想进入其中，门紧锁，我来得不是时候，我特别好奇从那个木质建筑进入的世界将是什么样子？

某某文化人，只是听说，我一直以为他们已经离世，他们深居简出，我以为会在那个很小的旧城与其中一个人相遇，可惜的是没有，更可能是我与他们相遇了，只是彼此不相识，我无法说清其中某人就是我所想象的文化人。一些人隐身。我可能会与其中的一些人的幻影相遇。我看着那些人，面露忧伤的神色，或者是面色安详，安静地在旧城中走着，还经常会出现走走停停的情形。有时，我就会觉得那可能是某个我所希望要见到的人。我不知道该怎么和他们进行交流，他们往往沉浸在自己的世界，他们一定是在思考着什么，他们必然要思考着什么，而那时他们并不希望会被我打破那种感觉。有些感觉，一遭受侵扰就完了。感觉对于他们异常重要，从我个人的体验来说，感觉是很重要。不同的感觉，对于旧城的关注点可能就会不同，当我在此刻出现在旧城中，并在文化馆门口听到了那些童声时，我的感觉都被那些童声扯着，一切是那般美好。那个要写专栏的老人，他必须要不停出现在旧城，但也未必，他的专栏可能是关于记忆的，他可以不断从记忆中打捞着。所以，即便我只是在某个专栏上看到了老人的照片，我也深信只要他在旧城中出现，我一眼就能认出他，并一定可以找到跟他聊的话题。可惜的是，他并没有出现。

阅读随记：

《幻影书》。保罗·奥斯特著。

齐默教授妻儿的丧命。海克特的默片。海克特的神秘消失。默片。静默。静物。消失的人。一些隐者。一些活生生被吞噬的生命。那些消失的人，那些消失的时间与空间，就像一个又一个的幻影，但我们依然被幻影所折磨，我们依然在不断努力想走出幻影。与现实的疏离感。那些奇异的重演与重叠，在重演与重叠中找寻解脱的力量，找寻着希望，并继续活下来。命运的荒谬残忍，我们必须要接受，我们无法忍受之时所获得的那些巧遇的拯救。可能除了绝望与不幸，我们还可以拥有自由。“自我确认的极度痛苦。”现实中的裂缝与洞，现实的齑粉。遗忘，与记忆之间的苦苦争斗。自毁与拯救。必要的思想的力量，必要的思考的深度。在旧城中，有时我们真会有进入一个幻影的宫殿的感觉，我们是否面对的只是一些幻影？

十八

【武装部】

我自始至终没有进去过里面，它在这里出现，同样也是作为地标式建筑一样的存在。我们从它前面来回走着，这又是一个已经变得陈旧的建筑，但它也给了我们当时一些让想象不断爬升的空间，想象爬到了建筑的二层就再也没有力量爬升。有关武装部，我的文字将变得短小而空洞。在这里，“武装部”似乎是有所指，又无所指。我在武装部旁边的电影院前坐了一会儿，我等着有人进入其中，或从中出来，但没有人。武装部搬到了新城。那个旧址被推翻，另外一些建筑已经在上面被建起。我努力想找出一些与武装部有关的人，与看守所不一样的是，我一个人都找不出来，而与看守所有关的，除了李文丽家外，我还可以想起很多别的人，我还可以想到与那些人有关的对于命运的注解。众多人的命运感，让看守所变得不再单薄，看守所很少会以地理意义出现。而武装部以另外一个极端出现，只剩地理意义。这同样是偏颇的，我在表哥新家朝新武装部望着，里面有好些人。

小舅多次出现在了原来的武装部门口，我可以肯定他不曾进去里面，小舅要去表哥家的话，他就要经过武装部，进入艺术团的铁门，再往里走，小舅的行走路线将多次与我的路线重叠。我听到了小舅内心里面的波澜，如喘息一般，毫无节奏地怦怦跳动。这与看守所不一样，小舅是多次进去看守所，里面有我们认识的人，那时我们的路线将会再次重叠。

一些东西却是无法重叠的，有些东西是把我们区分了开来。小舅与我不一样。在旧城中生活的那些人都是不一样的。在这个文本中，我想触及的就是人们命运的不一样。有时，一些人的命运感出现了惊人的相似，回到他们的细部，我们还是会发现有些不一样。我再次确定了一下，小舅与表哥前后些来到了旧城。两个异乡人经常在一起喝酒。两个异乡人期待的是酒后的耳红面赤与不休的争执。他们在回忆中回到了那些过往，现在的他们在回忆中总会被一些复杂而心酸想流泪的情绪困扰着。我在想着两个知识分子在旧城中某个古老建筑中，为着生活中无处不在的困扰与滞重争论着唏嘘着。他们是这样认为的：有希望，酒后就有希望，清醒之时也有希望。表哥要理性些，小舅又更为感性些。我在想象着这样的情形：理性的表哥与感性的小舅之间的对话，理性的表哥把语速降了下来，一板一眼地讲述着。这时感性的小舅将不会是一个好的听众，他随时把表哥的讲述打断，理性的表哥的讲述被打断扯碎，理性被扯碎，表哥便也变得感性起来，用情绪完成对话，将不再依靠理性；感性的小舅讲述着，理性的表哥将会是一个合格的听众，但同样理性与感性变得没有任何间隙，他们再次发生争执。

这么多年过去了，时间是改变了他们的一些东西，也让他们常常各自忙于各自的生活。他们还是会找时间在一起，只是在一起的时间没有多年前那么频繁，时间并没有把小舅变成理性（这里的理性其实还是多少有点点牵强，小舅在某种意义上来讲同样是一个很理性的人，他的理性有着属于他个人的分寸与节奏，他应该是更容易喝醉的人才是，他不是，他可能会在饮酒之后，让自己的情绪喷发出来，但我所见到的并不是这样）的人，有些理性在小舅看来就是呆板、固执与不自由。小舅与表哥现在依然保持着知识分子的某种睿智与尊严，在生活的洪流中，睿智与尊严并没有被消磨也没有变质。

小舅一直住在学校的周转房里，其中一间是他的书房，他每天都会在里面练一会儿字，他经常会帮旧城中的一些婚丧嫁娶的人家写写对联，按他自己的说法就是去讨点酒钱。小舅到现在还没有在县城买房，他有自己的一些近乎偏执的想法，他觉得现在两个女儿都貌似不回来跟他住，他和舅妈可以继续在那个周转房里生活很长时间，生活的质量并没有丝毫受到影响，如果某天其中一个女儿回来和他们住，他可能也会去考虑买个房子。如果她们一个都不回来，他就回老家，在老家他有一个鱼塘，他种了好几十亩的茶树。其实，小舅的感性，只是我们所看到的他的一面，就像是表哥，我同样只是看到他理性的一面。我们都是复杂的个体，我只是在片面地触摸着他们的其中一面，并看到了由这个片面所制造的他们生活的一部分而已。

我出现在了小舅家里，小舅二话不说给了我一个杯子。我知道与小舅是必然要喝一点的，与表哥在一起时也一样。即便我知道自己的酒量极差，我还是乐意和他们喝一杯，并听听他们在这么多年里，面对着生活的喧嚣嘈杂苦重与轻盈时，还依然保持着那种知识分子的尊严，以及展现给我的生活态度。在生活的洪流面前，在很难找到一个寂静的可以安放灵魂的空间的现实面前，保持那种知识分子的尊严是极其困难的。有时我也想保持这种轻易就会被覆上灰尘，或轻易就被扫除的知识分子的自由与尊严。小舅是自由的，表哥是自由的，他们都爱好书法，他们都是在一种很自由的状态下进行他们的创作，临帖时可能还会显得有些呆板，但在创作一幅书法作品时，他们的状态绝对是自由的。他们的风格不一样，他们朝两种自己认定了的艺术方向在艰难跋涉着。

他们喝了一点酒之后，会争论各自美学的走向，有时他们竟会在喝醉时意识到有些美学会走向虚空。我也想以一种极其自由的状态开始我的写作，或者暂时把写作放在一边，偶尔像小舅一样以自由浪漫的状态生活着。小舅、表哥和很多异乡人一样，在旧城中生活时遇到了我们现在所无法想象的艰难，也感受了一些蜇人的苦痛，只是在这里我把小舅的艰难与苦痛暂时掩藏了起来，我是有意在回避它吗？其实我自己也不知道，我是回避现实了，在一些现实面前，有时我似乎变得异常脆弱，竟没有勇敢面对现实的勇气与力量。小舅与表哥，两个心灵的孤岛，在一些时间里就是孤岛，不想让任何人介入他们的内心。有时他们两个同样也在相互拒斥着，虽然心灵的孤岛里是那些无尽的孤独，但同时也是有着一些让人心安的东西。小舅和表哥，他们在陷入庸俗与卑微的世界时的痛苦无可名状，经常会有被生存的困境碾压，甚至碾碎的感觉，那时我能从表哥某些时候的沉默里感受到他所面临的困境，而小舅很少会选择沉默，我能感受到行将淹没他们的东西。我也提前感受到了那种东西，在以后的时间里可能也会把我吞噬，我在心里面开始有了一些防御的盾牌，我要避开让小舅和表哥陷入窘迫的东西。今天看来，我的努力避让其实并没有效果，我已经遇到了多年前他们所要面对的问题，那时只能借酒来浇灭那些痛苦的火焰，而我不知道该用什么样的方式，那我也只好端起一小杯酒，一口喝不掉，慢慢喝着。

阅读随记：

《虹》。劳伦斯著。

三代人，主要是女人的世界，不同的个性，不同的对于世界的感知，对于世界的疑虑，不安定的因子，新生与毁灭，思想的疑虑与经受苦痛灼烧的矛盾。有时候，新生的代价：被现实撕裂、肢解。唤醒，变成另外一个人，成为另一个我。三代人，有些东西在反复，一些东西永恒不变，心绪的复杂与反复无常，心绪不宁之人的局促不安，不休止的哭泣。不让生命窒息。对未知物的探寻与完成自我的强烈。和解，多次的矛盾与多次的和解，通向对方的灵魂世界。路的尽头，只剩喧嚣的广袤空间吗？这是在一些时间里的疑惑。遗弃的表象世界。生的欲望，或是别的欲望之火的燃烧。生命的停顿感。时间本来的面目，那些遥远的东西依然那般清晰。为幻想而生的戈珍。为现实而生的厄秀拉。想办法应对真实与虚幻世界带来的深沉且滞重的痛苦、慌乱与困窘。朝前汹涌而去的时间、河流与世界，席卷一切碰触到的物，即便那些异常坚固的物上面也留下了一些或明或暗的印痕。躺在坟墓的灵魂该如何复活？有时候的幻灭感与不实的虚空感困扰着每一个人。感觉着体内流动的血液的飘忽不定。一个又一个心灵的孤岛，与时间与生命与世界隔绝。摒弃、拒绝、破壳与新生。

十九

【××住宿区】

这个住宿区是我无法回避的。它同样已经成为记忆空间的一部分，也是类似这样的部分不断拓展着记忆的空间。记忆的空间，有些与现实已经完全不一样，有时会让人惊呼记忆的不可靠，有些空间被拆迁被覆盖被现实抹去。我不知道那个住宿区现在成了什么样子，我是完全可以知道它现在的样子，我只需要再次进入那个空间即可，但一直不想把有些记忆的空间打破，有时是需要勇气，有时是想让它一直保存记忆中的样子。这样，它便一直以记忆中的空间存在着，时间就像是现在，时间并没有流逝，就是现在的时间，如电影般在放映着，却有着灰暗忧伤的色调，里面居住着的基本都是在政府部门工作的人。那时表哥家也在其中某个建筑里生活着。

表哥家住的是最里面的那个建筑，我进入其中，那个偌大的院落里只有表哥，表嫂去农贸市场了，两个侄女外出学习了。表哥拿着一杯浓茶，朝我瞥了一眼，不说话，记忆的空间里贮存了太多的沉默与碎片。即便那里只有表哥和我，即便真实的表哥和我从那个空间里消失了，生活的拥簇感与挤压感却在那里涌动着。我们也看到了一些年纪很小的人，在其中度过了人生中极其重要的时间段。我们能准确说出那些极其重要的时间段。与那些常年生活其中的人不同，我只是在一些时间里出现在那里，总的算来，我也是在里面生活了很长一段时间，现在回看那段时间，那也是我人生中极其重要的时间段。就是在那里生活的时间里，我第一次进入了表哥的书房，看到了那本武侠书，并想象出了一些在旧城的任何角落行踪不定的人。我的行踪相对固定，我也开始了自己的游荡，一个有些阴暗拥挤的世界，并不能阻挡我的想象力。

表哥朝院子中的某个房间指去：当年你几个表哥就住在那个房间，他们总是趁我下乡时把那个角落搞得乌烟瘴气，有好几次我下乡回来，看到的都是惨不忍睹的东倒西歪的啤酒瓶和脏乱狼藉的垃圾。他说他看到了他们东倒西歪的精神状态。我在想一个乌烟瘴气的世界该是怎样的世界，一群乌合之众该是怎样的人？如果我在那样的环境里，自己会不会被那些乌合之众所影响，后面我的表现印证了当时的想法，我轻易就被一些人所影响。我知道表哥首先要把那个房间指给我看的原因，他是想通过那样的讲述给我一些警示，或直接是警告，但一些东西往往需要自己真正体验过才会明白，当我稍微明白了的时候，我又一次回到了旧城读高中。由于初中在县一中成绩比较糟糕，成绩糟糕的主要原因是从众心理在作怪，一些个性与意志被消磨，我回到了离旧城最远的那个乡镇中学复读。

回到那个住宿区：里面有着一群年纪小的人，我们经常会在一起玩，我们并没有把注意力更多放在那些建筑物以及空间感，那些空间感对于我们都不是问题，我们都知道那只是暂时生活的空间，其实我们也并不关心在怎样的一个空间里生活，我们只需要快快乐乐地生活即可。我们隐藏在那些吱嘎作响的建筑里。我们在那些隐藏的空间里轻易被找到，没有发生过找不到的情形。我们中没有人会刻意把自己隐藏在很难让人找不到的角落里，我们也没有故意冷落其中任何人，一些较为独特的体验就被我们以那样的方式避开了。不然在那样的空间里，最容易体验到那种最为沉滞潮湿的恐惧与不安。人们相继从那里搬了出去，搬到了新城。我们从里面搬出，再回望这些建筑的时候，眼睛里是有一些被另外一些人捕捉的复杂的神色。我们都觉得在我们搬出那一刻，那些建筑就开始坍塌，从某些细微的部分开始，那些蛀虫开始日夜啃噬着建筑，它们在夜里发出极其响亮的咔嚓咔嚓的啃噬声，没有人，没有人声的喧嚷，它们可以在异常寂静的世界里啃噬着，它们是自由的，而原来它们多少还是有些不自由，它们多少还是有些顾忌。记忆被啃噬，记忆上面有了虫子爬过啃噬过的显影，还是挺美的，它们并没有把记忆的空间啃坍塌，而只是给记忆的空间增添了另外的一些色彩。有人说，他一直听到了啃噬声，他只要出现在那些院落里就会听见，而且声音一天比一天大，蛀虫在繁殖，它们的啃噬速度在加快，有时他觉得那就是一群虫子在适合它们生长的世界里狂欢。那个人还说：我听到了万千的蛀虫正啃噬着你的灵魂。他看着我的神色严肃而一本正经，我不禁脊背一凉，夺路而逃。

他在那个不是很大的庭院里种了上百种草木，这是我目力所及之时对数量的粗略判断，可能是没有上百种，远远没有上百种，但至少数量特别多，那绝对是已经让人情不自禁就要惊叹的数量了。植物的荒漠化，在记忆空间的荒漠化，植物的出现，有点挤占空间的感觉，记忆的空间依托植物在扩展，这是为数不多的植物在记忆空间中的出现。它们似乎太过安静了，安静得不会轻易就出现，安静得很容易就会被人忽略，安静得需要另外一颗安静的灵魂。植物是安静的，植物应该是安静的。

我能分辨出植物的种类依然很多，我是从它们之间的不同来判断的（那其实也不是很准确）。只是在植物学上的匮乏无知，让我没能真正触摸到其中好些植物的真实，以及植物与那个人之间可能的在精神上的契合。我找不到让自己舒适落脚的地方，他朝我微笑着，能从他的微笑里感受得到他对于自己的杰作的自豪与欣慰，他同样希望来到那个庭院中的人能报以一些溢美之词，当把溢美之词从口中不自然地说出来时，我能发现他那微笑之中的一丝窃喜。他谈起了自己就是想把庭院弄成一个花园，只要那个建筑里面有人居住，那个花园就不会成为废弃的花园，他见多了废弃的花园。花园，记忆的花园，现实的花园，肉身与精神在其中自由游荡的花园，废弃的花园。

我在打开记忆花园的门，一小扇门，有时只是一个缝隙，并没有步入其中，就能窥到一些秘密。在面对着那些废弃的花园时，他只是感受到那种从内心深处涌动出来的哀伤，只有他自己知道对于草木的热爱。众多的人出现在那个花园时，都觉得很好，就是感觉草木的种类和数量是不是太多了一些。种类的芜杂与良莠不齐，是曾有人跟他提起过，他只是报以微微一笑，那一笑直让人觉得自己提的意见的浅薄无知。我第一次出现在那个花园中时的情景，你可以想象一下。你可以想象一下，那么多的植物聚集在那个算是有点促狭的空间所让你产生的震动。老人说自己与那些植物之间就是一个平行的关系。那些草木会在一些时间里与他对谈，他们在各种植物混杂的气息中对谈争论。他们争论最多的是空间，而他跟草木谈论最多的是空间的诗学，而植物们感觉最为强烈的是生存空间的窘迫，它们在很多时间里都有种无法喘气的感觉。他异常固执，这样很多时候他们各执一词，互不让步。

老人越来越觉得需要特别多的精力打理那些植物，他知道那些植物正在以它们的方式抗拒着什么，他在加重的沮丧与疲惫中，竟也不曾想过让步丝毫。这样的情形，一直僵持到了老人离世。那些堆积互相抢占空间的植物，接连被人从庭院里抬了出去，那些植物不知去向，没有人会关心它们的去向。老人一直以来的设想并没有实现，人的存在其实并不能保证一个花园的不被废弃。你再也听不到一个老人与植物相互争论的声音，你还是听到了，你在想象中制造了一个花园，想象的花园，与那个现实的花园有所区别，现实的花园所遇到的问题在其中迎刃而解，老人与植物间没有争论，其乐融融的样子。在想象的花园里，老人的念想得以实现。

阅读随记：

《幽僻处可有人行？》。张志扬著。

关于“事件”“文学”“电影”深层次的阅读经验。美学，政治哲学，审美，思想自由，错位。知识分子，哲学家，自然人内心与文字的坚硬与柔软，锋利与钝拙。批判的精神，沉默的权利，缺席政治的权利，思考人的关系的“断裂”与“突变”。颂扬美。真诚与表现真诚。面向自我，面向人（面向萌萌时，面向越胜的女儿盈盈演奏柴可夫斯基的《四季》选段和肖邦的夜曲，那时萌萌已逝，曲毕，志扬无语，揽盈盈入怀，清泪涟涟），面向时间和空间，面向记忆与历史，面向命运多舛。悲凉感。建造属于自己的幽僻处，质疑精神，对幽僻处不遗余力的寻找与建造。事件时而关乎个人，时而关乎群体的命运。个体性与群体性。阅读时而关乎文学艺术电影本身，更多时候是无限的扩展，扩展到对于人类精神与思想与行为的思考。给予时间的幻想。想象的作用。《垂帘》中靠想象活着的人，其实那只是假设之一种，另外一种是成为现实的一部分。努力从各种依附中挣脱出来。谈感受，谈那些无法感受的感受。记忆的死去过程。危机感，以及清醒的意识，以及对于疯狂对于恶魔之于社会之于现实的忧思。沉思者。思想。悲切。沉郁。欢乐。遐思。裂隙。深渊……不妥协。时刻感受着世界以及世界中的人群对于自身的肢解。对于身内异己的无奈与不可解。发现的“距离”。建立门，建立确定性与否定性。是什么阻断了我感觉大地的能力……

二十

【图书馆】

这是已经搬迁到旧城外面的图书馆，原来的图书馆，我在“电影院”那个词条（算是词条吗？权当是词条吧，我深知词典是绝不会算的，毕竟一提到“词典”二字，我脑海里马上出现的是《哈扎尔辞典》《米沃什词典》《马桥词典》等经典，我脸顿时就红了，所以我觉得自己写下的这些还不能算是词典）里已经有所涉及，那时的图书馆与电影院在一个建筑内部。我已经忘记了建筑顶部的那几个大字里面有没有图书馆这样的字眼，印象中其中有个大字早就掉了，但人们似乎已经预知那个建筑将被彻底推掉，而没有想过把那个字眼补上去。缺失了一个字眼，对于熟悉那个建筑的人来说，缺失那么一个字眼并不重要，对于那些并不关心建筑的人而言，缺不缺失并不重要，他们摆出的往往就是与己无关的姿态。我偶尔会想怎么人们还不去把字眼补上，那对于建筑本身的美感是一种侵犯。一个字掉了，后来好像还掉了一个字，幸运的是并没有砸伤任何生命，也可能不一定，有着太多我们无法用肉眼看清的生命在那里游动，还有着太多的生命被我们轻易忽略。

图书馆与电影院彻底的分离，彻底的具体化，让旧城内部的那股混沌之气得以明晰一点。在这之前，一切似乎都显得有点笼统，就像电影院不只是放映电影，里面还有着各种演出，各种会议，电影院里面还有图书馆，电影院里面还有游戏室。当那个建筑消失，当旧城中其他一些建筑消失，意义消失的同时，别的一些建筑重新出现，一些建筑被修葺一新，一些建筑的内部重新被人们放入一些意义。图书馆出现在现在的位置，同时它的范围变得比以前大，而最让人感到欣慰的其实还是现在的图书馆比原来要亮堂许多，似乎现在更能感受到阅读的那种明亮的光，而在原来的位置，我们进入的就是一种幽暗，甚至会让人怀疑，我们能否通过阅读穿过那种即便是白天依然厚实的幽暗与潮湿。我出现在了现在的图书馆之内，门是锁着的，我来得不是时候。

建筑的多功能，建筑外部的一样与填充建筑内部的不同。电影与图书之间的某些东西被一些人敏锐地捕捉到了，这样他们才会把它们放在了一个建筑内部，有可能只是巧合，但愿不是巧合。如果是巧合的话，一些我所想的便没有存在的理由了，毕竟电影与图书之间，特别是电影院与图书馆之间可以有着太多的东西，可以被诠释被解读被过度诠释与被过度解读。在电影院彻底从那个空间消失的时候，我竟会有莫名的担忧与伤感，会担心图书馆也像电影院一样彻底从那个空间消失，最终我的担忧是多余的，现在的图书馆要比原来在那个幽暗陈旧的角落里时宽大敞亮很多，而且还单独建了一院。依然是一个新式的建筑，如果把它建在旧城里，它与旧城之间的割裂感就会特别强烈，与原来的电影院存在时的感觉是一样的。现实并不如此。

现在我经常经过图书馆，有时会有意进入其中，与多年前没有多少变化，比起旧的图书馆，新建的图书馆对于我的意义更大，我从新图书馆里借了好多书，那也是真正意义上阅读上的启蒙。我经常会想起管理图书的那个中年人，我多次进入图书馆借书时，没有遇到多少人，幸好图书馆从旧城中搬出来后，光线不再像原来在旧城中时那样幽暗且营造出颓败的气氛，反而是那个中年人，似乎还没有从旧城的那个氛围中缓过神来（我直到现在还没能从旧城的幽暗混乱潮湿与冰冷中缓过神来），他沉默，但人不错，他让我直接进入其中找自己喜欢的书。在那之前，借书人只能通过一些书牌来借书，找好书牌拿给他，他又到里面找给你。书牌背后有着太多不确定的东西，而直接进入其中能避开一些徒劳与尴尬，重点是尴尬。我们之间只是短短的几句对答的话语，但那时早已没有了尴尬。有几次他想叫我的名字，但没有叫，他应该是看到了那个借书证上的名字了，只是他并没有发现那个借书证是另外一个人的，那个人喜欢读武侠书，我近乎霸占了那个人的借书证。我们都应见多了尴尬横亘在旧城的一些角落。我们都想从那种氛围中挣脱出来，我能看到他在努力，我也感觉自己一直在努力，只是我的有意挣脱并没有多少作用。他一定不知道，自己会对另外一个人的心灵产生了那么久远的影响。我得益于那时的阅读，如果没有那时的阅读，我可能会在恶棍的路途上越走越远，我一定会在旧城中弥漫着的恰好对我产生影响的气息里渐行渐远，最有可能的是长时间被忧郁所折磨。

搬迁与逃离之间刚好完成了某种契合，我只能选择从那个旧城逃离，除了逃离之外，我再没能想到其他方式。现在我又经常回到旧城，这也宣告了我有意逃离的不成功。我不知道他还在不在那个图书馆，还是早已退休？我多次经过图书馆，从未遇到过他，我能肯定的是只要他一出现在我面前，我就能认出他。他对于我的意义可想而知，与王青一样，甚至超过了王青？我在内心深处一直感激着他当时对我的照顾。我与两个图书馆之间建立了不同的空间关系，这个空间同时还建立在一个寡言少语的他和一些琳琅满目的图书上。我多次把头仰起，看看建筑物的顶部，没有燕子，也没有猫之类的出现，这又多少让我有点失落了。旧城中的图书馆里，在穿过那些幽暗发腻发黑的楼道时，会经常撞见猫，有时还会撞见老鼠。旧城中的图书馆的味道，是混杂了几丝死老鼠的味道。我再次向顶楼望了望，那些大字一个字都没有掉落，我深深地吸了一口气。

旧城往外的某个村子里（旧城往外，提到那些村子的原因，是我无法避开那些村子，其实在这个文本中，我是可以避开它们的，又觉得它们也应该占据这个文本的一部分，它们的存在必不可少，从旧城中我就能看到那些村子，我也多次去过其中的两三个村子，这里面有着一些与地理之间源自内部的勾连），发生了一起杀人事件。我是在旧城中听说了那个村子里发生了这样的事件，那个村子我去过好几次，这让我在别人口中确定了是那个村子后，顿感毛骨悚然。那是什么季节？我现在回想着发生的时间，时间可能很重要，也可能不重要，这也与自己对于时间特别感兴趣有着一定关系。那应该是冬季，庄稼地里基本没有庄稼，土地变得荒芜坚硬冰冷。我竟无端把那人与那时的土地联系在了一起，那人也是一个荒芜坚硬冰冷的个体，那么这起事件可能就发生在冬天，或者是秋天，秋末天气开始转冷，早上就能看到庄稼地里落满清霜，秋天本是收获的季节，而这起事件与收获无关，只能说是与秋日半夜下的霜有点关系，同样冰冷。冰冷在泛滥在蔓延。

他，一个农民，偶尔会外出打工，为了一小点地（绝对不会是一分或者更多的田地，而是很少），与邻居发生了冲突，在某个夜晚，他提了斧头把邻家四口人全部砍死，这其中还有老人和小孩。那个夜晚的月色很美。那段时间的月色真美。许多人都这样说。那个杀人犯作案手段之残忍，一度让那些总是很平静的村子陷入惶恐不安之中。甚至有人会说，也该用那样的事件偶尔打破村庄一贯的平静。在旧城读书的我们也显得骚动不安，甚至是整片的旧城都深受那个案件的影响。写到这里，我似乎是找到了那个村子和那起事件，出现在这个文本中的理由了。最让我们感到震惊的是，那个夜晚，他大声且悲伤地在那户人家的院子里唱了一段白曲，第二天一早他就来到那时还在那片旧城的公安局自首。当那些警察问他作案动机的时候，他抱头大哭，他说仇恨发现了那把斧头，并迅速燃烧了起来，如果没有那把斧头的话，他的仇恨也不会到那种无法遏制的地步。唱歌是因为他突然发现了仇恨被那夜的安静肢解成许多的碎片，他感到孤独而无助，当杀完人后，他疲惫不堪地坐在那家人的院子里，仇恨渐渐退去，代之而来的是无法消解的悔恨与恐惧。他唱歌只是希望用祭师的方式，安抚那些受惊过度而在夜的上空飘荡的灵魂。没有人相信。他说的这些，没有人相信，我总觉得那已经经过了流言的篡改。

那晚，他唱歌的时候，因为恐惧而颤抖，那把嗜血的斧头把他的恐惧和脆弱推向了绝境。他是颤抖地唱了一晚。很多村里人都这样说。我们不相信。那些警察也感觉那样的说法太过荒诞。这怎么可能？他是在瞎说，哪个人还会在杀人后用唱歌的方式安抚那些虚无缥缈的魂灵……一系列的疑问佐证着那个杀人狂的残暴与荒诞，许多人都在那片旧城纷纷议论那起事件，都在评论那个杀人狂的残暴和不可饶恕。回忆中，我竟然是在图书馆门口听到了人们的讲述。

阅读随记：

《哈扎尔辞典》。米洛拉德·帕维奇著。

重读。拼贴。错杂。纷繁庞杂。光怪陆离。时间与空间的缠绕。梦与非梦。现实与幻象。真与假。换脸，拥有别人的皮，成为别人，成为别人的表象。语言的命运。信仰的变更。无法辨识的脸，有时会有这样的感觉，在旧城中尤为如此。捕梦者与释梦者。把灵魂卖给别人。有那么一些灵魂被囚禁的人。在别人的梦中追逐时间与命运。那些智者间的大辩论。大论辩的那些人，恍若来过，一切成谜。不同的切入。不同的角度。不同人的讲述。众多人的梦，众多人在白昼做梦，灵魂在游荡，众多的灵魂在游荡，有些人在睡梦中死去，有些人一直在做梦。魔鬼在作画。坚硬的静默把奏出音乐的盐墙摧毁。思想如落叶一般，在空中打旋，打旋，最后慢慢沉落，沉落到某些渊底。阅读之时，有细沙流出的声音。那些孤寂，那些荒诞，那些梦幻，那些露水、风、云、水、泥土、石头、草木、虫兽、神灵，那些寓言，那些无限的生与无限的死。

二十一

【狮河村】

一个地名。很少的地名将会在这个文本中交杂出现，它们出现的理由更多时间里是牵强的，甚至是站不住脚的，但它们又以一种无法拒绝的理由在出现。狮河村，出现在了这里，它离旧城有很大一段距离，它已经不属于旧城，它出现在这里并不是因为它是一个有名的木雕村，而主要是那个村落里有一些我的同学，有那么几个人是我必须要提到的，而提到他们的话，又必然无法离开他们生长于斯成长于斯的这个村落。那时，那个村落就因木雕而在我们当地有名。它在我们眼中变得有名，主要是由于我们的那几个同学，高中毕业后就不再去读大学，而是回到村里做起了木雕生意，他们看得似乎比我们更长远。我们在进入这个村子之后，才发现家家都在做木雕，让我们吃惊的是人人都在做木雕，更让我们吃惊的是一些木雕机器已经出现在了这个村落。他们跟我们说起的是从小开始木雕就深深植入了他们的血液，他们很多人在从小就有一个清晰的目标，长大就是想成为一个木雕生意人，而不只是木雕艺人，既有着高超的雕刻技艺，又有生意头脑。当他们提到了理想与目标时，我也想起了小时候的理想与目标就是长大后一定要砍伐几棵粗壮的古木。他们高中毕业后，我们就再没有见过面。这个村子，我又去了一次，那是在这个村落在木雕行业里被成功炒作出来之后，说错了，应该是成功开发出来之后。在那个村落里举办了一次木雕技艺的比赛，来自不同地方的木雕艺人出现在了那里，我们见到了许多让我们感到惊叹的木雕，我们也看到了那些木雕艺人在不同木头上面的精雕细琢。我急匆匆地在那个场地里到处找着，我想很有可能会在那些人中见到我的那几个同学，可能是人多杂乱的原因，没能见到他们。他们的现在我只能在脑海中想象一下了，只是我不知道该如何想象，毕竟我们是无法真正把握生命的轨迹的。

我们成了夜间嚎叫的人，这里我要提提赵，这将是被我简化的他，这只是关于他的其中一方面而已，会造成对于他的判断的有些失真，如果他突然间看到了这些文字，他会不会暴怒，会不会和我断绝来往？我还是多少有这样的担忧。我多次在夜间接到了他的电话，我在想象电话那头的他，说得过分些的话可能是烂醉如泥了，他的舌头在打战，他用汉语跟我简单地说几句话，往往都是好久不见有所挂牵之类。有时我也被感动得一塌糊涂，其实在一些时间里，他在夜间打我电话时，我正辗转反侧不知该如何入眠。

我知道我们其实是同类人，也许我这样说的话，他多少有些愤愤不平，他怎么可能和优柔寡断的我相像呢。我们确实是成了在夜间不断嚎叫的人，只是他会借着酒劲把那些在内心里经过酒精浸透后的思想大声宣泄出来，而我只是把那些思想不断沉入内心深处，让它们在内心深处矛盾地冲撞着。在那个小城里，我们是经常聚集在一起谈谈文学谈谈艺术谈谈人生的不多的几个人。他的年纪已逾五十，他生性好酒，他戒酒了那么一段时间，但最终没有戒掉，如果戒掉了又会是什么样子？我见到他时，他已经戒酒了一段时间。在宣布戒酒并不成功之后，我们双方都知道，他是必须要借助酒来解决一些东西，有时我也是需要借助酒解决一些东西。

对于旧城，我们都是外来者，他在旧城中生活的时间比我更久。原来他在一个乡镇教书，教书几年后就来到了旧城。他多次在喝醉酒之后跟我提起，他是因为一首诗歌获奖而改变了人生的轨迹。他知道我也是因为文学才从另外一个州市调了回来，也主要是这个原因，让我们多少有些惺惺相惜之感，即便年龄的差距在那里摆着。

他给我打了个电话，问我在哪里，答说旧城，他说两兄弟约在哪里一起喝点茶，就我们两兄弟，我们就谈谈文学。我们都心知肚明，在那个小城里，一起谈谈文学早已是一件很奢侈的事情。他是一个诗人，我想跟他谈谈辛波斯卡的那首《对统计学的贡献》，其实并不需要谈，只需要悄声朗诵，其实最终我忘了说起这首诗。这里要摘录《对统计学的贡献》（陈黎、张芬龄译）这首诗中的几句：一百人当中，凡事皆聪明过人者——五十二人 / 步步踌躇者——几乎其余所有的人 / 如果不会费时过久，乐于伸出援手者——高达四十九人 / 始终很佳，别无例外者——四，或许五人 / 能够不带妒意欣赏他人者——十八人 / 对短暂青春，存有幻觉者——六十人，容有些许误差 / 不容小觑者——四十四人 / 生活在对某人或某事的，持久恐惧中者——七十七人 / 能快乐者——二十来个 / 个体无害，群体中作恶者——至少一半的人 / 为情势所迫时，行径残酷者——还是不要知道为妙 / 即便只是约略的数目 / 事后学乖者，比事前明智者——多不上几个人 / 只重物质生活者——四十人（但愿我看法有误）/ 弯腰驼背喊痛，黑暗中无手电筒者——八十三人……我们会在朗诵这首诗时，看到众生相，最主要是我们会看到自己。我们先在电话上说好不喝酒只喝点茶，他说好好好一定一定。我们见了面，随便找了一家店，进到店里先点上一壶茶，再点上一盘瓜子，再点上点别的，够了够了，吃不完，我们主要是因为两兄弟好长时间没有见到对方都相互挂念。我们随意谈论着。这时他提出了要求，就喝一小杯，好吧就一小杯，大家也能想到后面会发生的，再来一小杯，最后一小杯，主要是两兄弟好久没见了，酒还是多少要喝一小点，好吧就喝一小点，但还是已经喝了两三杯。我酒量差些，只能意思意思，就喝一杯，大哥你酒量好但也差不多了。

我们谈到了人性的堕落，我们也看到了自身的卑微，我们也谈论到了现如今困扰着我们的众多东西，生活中的挤压无处不在，这些挤压让我们总有喘不过气的感觉，我也觉得有时自己如一条将要渴死的鱼，就在那里大口地呼吸着，但水呢水呢？我们前面只有酒。我们一直在解决着身份的认知问题，身份总在我们身上显得模糊显得复杂。谈话的气氛急转直下，我们也意识到了这点，我们相互碰碰杯，猛灌一口酒，有点辣乎乎的，胃里喉咙里像燃烧着一样，酒喝完，气氛依然没有多少变化，我们也意识到了。我们换个话题，我们谈谈文学，我们谈谈诗歌，我们谈谈散文，我们谈谈阅读，我们谈谈写作之于我们的重要。他自信地说他是为数不多能懂我的几个人之一。他说其实很多人并不会认真去读你的作品，他们也意识不到你在文本方面探索的可贵。我知道这时的他多少有些喝多了，但我又在内心里有些骄傲地觉得他是说得对的，我就喜欢那样在形式与内容上有些探索的东西。我知道这时我也有些喝多了，酒醒时，我才意识到膨胀的可怕，他只是碍于兄弟情谊没有把很多问题提出来而已。我也要谈谈他的诗歌，我也要表扬几句他的创作理念，他在创作中并不急，甚至是有些太过缓慢了，但他是在用思考与不断的体验写着每一首诗，只是他不像我那般热衷投稿图一些虚名。他说自己的创作就是写给自己的，是自己觉得必须要有所发声的，后面的话他没有说出来，我知道他本来想要说的是：不像你的那么冗长，你在冗长中追求文本的体量与纵深是对的，但这样的写作同样步履维艰，同样存在着很多问题。我们就在那个小茶馆，应该是小酒馆里面继续喝着酒，我们不再谈论文学，我们又再次让自己回归文学。我们又碰了碰杯，我们来的目的就是要谈论谈论文学。其实，除了文学，我们还谈论了其他的一些东西，我们是无意间提到了“狮河木雕村”，那不是我们有意谈论的一部分，而是纯属无意，纯属延展开来的一部分。我们在清醒时，同样也会谈论一下文学，也会谈论生活中所遇到的诸多困扰。清醒之时，我们竟从未焦虑，那时我们都变得更为理性，那时我们基本不会去谈论自己的写作，而是去谈论我们遇到了太多让自己羡慕嫉妒的文字，而且这样的文字随着阅读量的增加在不断增加。

酒喝得差不多了。他的身份就是诗人。我要再次强调，在小城里，我们是经常聚集在一起谈谈文学谈谈艺术谈谈人生谈谈现实的荒诞的不多的几个人。他说在那个小城里与我真是一见如故，我们聚在一起时能自由地畅谈着一些东西。诗人说，自由太重要了。诗人说自己在一些时间里是被束缚了，被僵化的思想以及习惯所束缚了。当看到诗人时，我看到了一群忧伤的精灵，在茂密的森林里舞蹈，舞蹈轻盈曼妙，似乎远离了现实的枯燥与荒诞。舞蹈所在的环境是另外一个世界，有着茂密的植物，有着悦耳的鸟声，唯独缺了人的粗暴与狂热。一个诗人在忧伤。一个诗人在行走。一个诗人在行吟。一个诗人在苦吟。我们谈到了诗人正在创作的“流水”系列，“流水”的内涵被无限加深和拓宽，现实的流水，现实的山水诗人，如流水的思想。他在看到了另外一个诗人写的《送流水》后，他把自己的流水系列深藏起来，我没能看到他写的流水系列。我们还谈到了他正在创作的“裂缝”系列，诗人说人生有着太多的裂缝，我们轻易就会坠入裂缝，并夹生于裂缝之中。裂缝无处不在，裂缝横亘在了我们面前，有人变得慌乱，有人竟异常从容，有人依然麻木不仁。在裂缝面前，我们往往失去了可贵的独立性个体性。裂缝无处不在。裂缝从现实中退了出来，成了有着丰富象征和隐喻意义的存在。那时一条真实的裂缝出现在了我面前，我感到有些不适。那是一条由于建风力发电而在山上修的公路，公路两边的风景很美，杜鹃花正开得如火如荼，长得繁密的如草甸的山竹，而我就在那条公路上，成为裂缝的一部分。我意识到裂缝的象征和隐喻意更多是让人感到不适的。我们在努力适应它带来的不适。一些人跌入裂缝之中。一些人努力从裂缝中爬出来。更多人沉陷于裂缝之中后就没能再爬出来。如果不是那个诗人与我谈起了裂缝，我将不会这样在意裂缝的存在，以及裂缝意味着的诸多东西。裂缝变得越来越醒目，裂缝中的光与无光，裂缝中生长的艰难与迟缓。

诗人再次出现。诗人与上文中出现的是同一个人。我们是好兄弟，只是不知道他看到我几次三番把他放置在一个被不断剖析的位置时会怎么想。我已经想到了他恼怒或者无奈的表情，我可能还是在误解他，真实的他可能不是我所剖析的这样。诗人口中的裂缝，以及诗人所看到的那些现实之内的裂缝，以及诗人多次说起的那些精神世界的裂缝。裂缝很形象，我看到了那些墙上的裂缝，我看到了眼角上变形的裂缝。墙角的裂缝上长出了一些草。裂缝把一些虚化却真实的境遇，形象地表达出来。这是我在诗人面前与他谈起我所认识的“裂缝”。诗人微微颔首，这时一丝和煦的阳光钻入窗子落在了我们之间的桌子上，诗人意味深长地看了看那丝捉摸不定的阳光，然后对我说我对于“裂缝”的认识太过单薄、粗浅且狭隘。我总觉得诗人想对我说，我对于“裂缝”的认识就像对眼前的那丝阳光的认识一样浅薄和浮于表象。诗人说，我们时刻想要避开的应该是粗鄙与狭隘，只是我们又无时无刻不是陷入粗鄙与狭隘的缝隙之中，更为可怕的是很多时候我们并没有意识到。我们的谈论是在一个醉醺醺的状态之下进行，这就让我们的对谈有了荒诞与不可信的意味。酒醉之后，一切的对谈，一切的有着重复与磕绊意味的对谈还能成立吗？伴随着我们谈论的继续，在我们看来，那些对谈是成立的，只有在那样的状态下，我们才不自觉地就会涉及灵魂与行动都在进行着的裂变。也只有在酒的作用下，我们所认识的裂缝可以无限小，也可以无限大。裂缝吞噬了看得见的东西，也吞噬了看不见的东西，像灵魂，像精神，像肉眼看不见的生命。

诗人曾多次说起，一些人就是被夹在那样的裂缝中，或者是被扯出那样的裂缝而被彻底毁掉。诗人再次成了讲述者。我们是偶尔会谈论一些人。我们先强调并不是在背后随意议论别人。这次我们在那个有点嘈杂的饭馆里短暂聚一下。牛肉的香味扑鼻，诗人的女儿有点羞赧不怎么说话。他女儿吃完饭先走，我们把战线无限拉长。我们无意间提到了某个人。我对那个人还有一些印象。一个以孤独或者孤傲姿态存在着的人。一个在很多人口中极具个性又有些古怪的人。他是败在了太过强烈的性格之上，在我们当下，那样强烈的个性是很难在无个性的人群中立足的，他在孤立别人的同时也被自己孤立。他真成了一个孤岛。现实的孤岛。现实的被他封闭起来的屋子。他曾在县城的一所中学任教。他教的是语文，其实他最擅长的是画画，山水油画都很好。谈到这里时，我们顿了顿，他是一个艺术家。艺术家的个性。我们理解艺术家的个性。有些个性决定了他所创作的方向与前行的步子。但在那所学校，没人理解，也没有人包容。孤傲却心灰意冷的他被调到了某个乡镇上。他可能有强烈的郁郁不得志的感觉。他开始酗酒过度。艺术被他放下。艺术那种如酒精般在空气中飘荡的因子，真成了酒精的因子，真只剩下了酒精的因子。我们有那么一刻觉得他是毁于酒精，其实只是我个人的认识，但这样的认识被诗人打断。诗人肯定地说，他不只是毁于酒精。在他那杂乱的房间里，只有酒鬼的影子，艺术家的影子彻底消失。他对于艺术的敏感至此消失。那些枯坐磨炼的功底消失殆尽。然后他病休。然后他回到了那个出生地。世界被他不断往回缩小。缩小的爱与偏执与无奈。我开始感到一阵唏嘘。诗人说，这确实是让人唏嘘不已的人生际遇。

诗人说，他的讲述还没完。唏嘘还将延续下去。他回到出生地最开始的日子里，村里人还是很尊敬他的。慢慢地村里人发现他的孤傲早就渗透到了他的骨子里，酒精都没能改变他的孤傲，也没有短暂麻痹过那些已经被人嗤之以鼻的孤傲。艺术家与村里人的矛盾不断。在村里人眼中，他就是一个精神出现问题的人。诗人说，神经也是有裂缝的。艺术家的行为怪异，在很多人看来那无疑就是神经病。村里人在远离他的同时，他也在远离村里人。诗人肯定地说，只有他知道艺术家并没有发疯。孤岛，孤屋，插销，人们见到那个房屋就会主动绕道而行。诗人每次回家都会把那扇关闭了很久的房门敲开，他接过了诗人手中的烟，在那间房屋里，他从未接过别人发的烟，一开始的时候，还是有那么一些人进入过那个屋子，人越来越少，到现在就只剩下诗人偶尔还会进入其中。只是现在，艺术家的话语变得越发少了，那是连诗人都无法忍受的沉默。我能想象那种沉默横亘在两人之间的情景与尴尬。这是他作为艺术家的一种生活状态，是艺术害了他？还是艺术也曾在一些时间里拯救过他？如果不是这次与诗人的交谈，我将不知道他还曾是一名艺术家，或者准确一些说，他还有成为艺术家的理想，只是理想与现实之间竟在他那里发生了无法平抚的裂痕。

阅读随记：

《洪水之年》。阿特伍德著。

无水的洪水的肆虐泛滥，科幻无序的世界的失陷，物质的沉屙，身份的自我丧失与被迫丧失，随时身处在恐慌的洪流之中，随时都有可能被那些貌似虚构的又可能的现实大卸八块鞭得体无完肤。硬壳与空壳，硬壳之下可能还有一些东西，像温暖柔软的心，而空壳之下就是无。人随时被挤压，思想被挤压，肉身被挤压到一个日渐逼仄的生存空间，焦虑症的必然，怀疑与失信与暴虐与毁灭的种子散落，一些人被撕成碎片，一些灵魂被稀释，众多灵魂渐渐偏离时间轴，渐渐失去坐标，又在破落与黑洞中抵抗与重拾。关于托比的第三人称的叙述，瑞恩的第一人称的叙述，各种纪念日，一些时而低诉时而激扬的声息。当从书中走出来，从《洪水之年》走出来，来到现实，一些人的命运，竟惊人相似。

二十二

【酒厂】

酒厂现在已经被推土机推掉，一些有关别墅的广告被打成醒目的横幅嵌在那个泥泞不堪的酒厂原址上。一场雨下过之后，那个场景变得更加惨不忍睹。酒厂的气息已经淡去，那种让人沉醉的意味已经淡去。印象中，只要一到那里，这些气息就会扑鼻而来，随着扑鼻而来的气息涌入眼目的是建筑本身的颓然。许多玻璃被砸碎，一些碎片锋利冷酷地探出玻璃窗，朝我们所目击的世界刺来。不知道从什么时候开始，在深吸几口那种扑鼻的气息的同时，我们隐隐感觉到了气息的日渐微弱，以及气息里混杂着的破败与无奈。

我们不曾想过酒厂会消失，毕竟出现在我们面前的是那么多嗜酒如命的人，毕竟在一些时间里，我们也在喝着酒，有时依托于酒来表达情意与真实，有时沉浸于酒醉后的迷乱之中。而现在它是破败了，还不止于破败，而是彻底被推掉了。又目睹了一个建筑的消失，同时也目睹了与建筑有关的意义的消解。这样的目睹会有着一些较为复杂的内心波澜。推翻的过程，我没能看到，我能在想象中还原它，但还原它又有多少意义？这便是我们在面对着像酒厂一样的东西的消亡时，内心的不知所措。伴随着一些物事的消亡，我们的判断力是出现了一些问题。在酒厂门口等着一些人从其中出来。我是曾在酒厂门口的那个木桥上默默等待过。我能清晰地看到从某个破碎的玻璃窗里飘荡而出的浓浓酒气，那丝丝缥缈的气息暗示着里面是有那么一些人的存在，只是我的等待竟往往无果而终。酒厂就这样成为了一个隐秘的所在，这也给了我一些想象的空间。我一直很看重想象的力量。有些遗憾的是，直到酒厂被推掉，我都没有见到过任何一个从酒厂中出现的人，我甚至没有见到有人进入酒厂。这无疑是特别诡异的，但在现实的诡异荒诞面前，这太过正常，我只是没有在特定的时间出现在那里而已。

那个精神涣散之人，面无表情，衣衫破烂肮脏，有时还会光着屁股，在那些有着垃圾场的地方近乎恬不知耻地游荡着。让我感到惊讶的是多年之后，我竟然在另外一座城市再次见到了他。已经有好几年，我不用掐指去算，时间已经过去了那么久。在旧城中不再见到他时，脑海里就只有一个想法，他已经被穷困潦倒贫病交加饥寒交迫所彻底吞没了，我从未有过任何他还生活在这个世界上的假想，而再次见到他时，我是感到了不可思议，我惊叹于他的生命力。出现在我眼前的应该就是他，我曾短暂怀疑过，但从那个走路的姿势和围裹着身体的塑料来看，是他没错。不知道是在怎样的处境下，他把自己伪装起来，他就是一个套中人，他从头到脚围裹着色彩多样的塑料，那个塑料质地的衣服又具有一些多解的意味。在初次见到那个造型时，内心的震动可想而知，只是周边许多人对那样的情形已经习以为常。他们已经有了一个固化的观念，那人不会伤害他们，那是一个脆弱的个体，因为自身的脆弱他才会把自己隐藏起来，但这也只是一些人的想法而已。他因为有了那样的一个躯壳而变得形迹可疑，在没有那样的躯壳之时，也没有多少人能知道他内心的真实。还有那么一些疯人，许多不曾见过的疯人出现在了旧城，过了一段时间，又突然变得很少，甚至短时间的绝迹。我在来到另外一些陌生之地时，也经历过这样的事情，与在旧城中所遇到的几乎如出一辙。这背后有着一些荒诞的现实支撑，据说那些疯人是被人从别处运过来，那时那个地方正在建一些形象工程，为了暂时的市容市貌，疯人被集体轰走，疯人一个很重要的游走方式便这样产生了。他们周身都有一些壳，但不是硬壳，很容易就会损坏。那个人频繁地出现在我们面前，其实第一次在旧城中的酒厂旁见到他时，我就心怀恐惧，我总是无法习惯他把自己装到塑料之中的行为，他唯一能让我们感到心安的其实就是从我们面前消失，这时我们很少会去关心他该如何继续在这个世界活着，我们只关心内心的安宁。

阅读随记：

《苦炼》。尤瑟纳尔著。

泽农。想到了林木深处的飞翔与奔逃。繁密森林中。灵巧与不安。安身之地，太多的死亡，太多的尸体。生之前的矛盾，吞噬之前的矛盾。在迷宫中寻找出路。迷宫的纵深处，有着一些复杂的灵魂在闪烁跳动。幻象。谬论。理性处于狂热之中，理性变得畏缩，并最终隐于某个市井的某个角落，而狂热依然随处可见。深渊？时间的相遇，堆积了各种变化的相遇？一些主义的价值？内心的动荡不安与外部的动荡不安。漠然与狂怒？思想失去思考的能力，思想的断裂，思想化为尘埃。多重身份，为了顺应分崩离析的世界，抑或是被分崩离析的世界所卷到天空，抑或是为了生命的各种可能性，抑或是为了挣脱时间的藩篱？偶遇一个废弃的花园，在废弃的花园中努力摆脱时间的束缚。反叛者，给灵魂放血，最终自己杀死自己。我们是否也需要不断否定自己，在旧城中看到了一些小城畸人的时候，我们会无端从那些人身上看到自己，看到自己可能会成为的样子，这时我们不禁脊背一凉。一些小城畸人，在这个文本中不断出现这样怪异的人，会让文本的亮色调不断遭受侵蚀，我是想让他们少出现一些，他们却接连出现了，似乎我在想到命运感的时候，就是一个又一个颓败的个体接连在眼前行走。我也明明知道除了有着颓败人生与命运的人之外，还有其他的人，他们正快乐而幸福地生活着。

二十三

【金龙河】

从旧城中流过的那条河，最终汇入金龙河。我沿着金龙河走了一会儿，只是随意行走。茅草地，从摇曳的茅草摆荡着的缝隙里看河流，河流的一些部分被隐去，河流的亮光也在轻轻摆荡着，那样的画面很美，置身于那样的场景中，感觉很多东西已经被过滤掉了，那些引起内心慌乱的东西，暂时远离了我，这是从现实中挣脱的一种方式。我朝周边望了望，没有人，竟有了下到河里的想法，我下到了河里。在河里浸泡着，那时的河水还是清澈的，不像这个季节，河流在任何时候都是浑浊的，浑浊得不会让人想着把过多的时间放在河流之上。那我该把注意力放在什么上面，我突然觉得自己可以把注意力放在沿河的那些村落上面，村落有关空间、时间、人生，等等。

在旧城中生活的时间里，我会经常来到河边。在金龙河边，我会感觉暂时远离了旧城的忧伤（旧城同样给了我排山倒海的忧伤），我远离了那些血腥、疯狂与忧伤的气味；我远离了被一些高年级的混混在大街上抢劫所带给我的恐惧与不安。我渐渐发现自己对于那种孤独与敏感有着天生的喜好，同时我也喜欢深入制造那种孤独感的场景之中，旧城就是其中之一。当我暂时远离旧城后，我对由那条河为中心往周边扩散出去的地域所制造的孤独感很是着迷，并一直没能从那些忧伤感中走出来。离开金龙河，我要回到旧城边的那个单元房里。金龙河流入一个高原湖泊，从那个高原湖泊里面流出去的河水最终汇入某条大河之中。

生命的荒唐，这是超越于时间与空间而存在的命题，这是众多的人必然要面对的问题，我们总是深陷其中而无法自拔。我们在意识到这个问题之时，我们看到了时间在眼前左右摇摆，努力往前，但变得异常缓慢。时间在那一刻以那样的方式慢了下来，也让我们在那样缓慢的过程中，看清了生命可能要面对这样或那样的尴尬。老人朝我们斜睨了一眼，他不解的可能是我们面对着他时的缓慢，我们竟然停了下来，他应该是感受到了自己成为了一个被观者，他会不会朝我们吐口唾沫咒骂几声？没有发生，他继续以那样的方式朝前挪动着。我可以算是熟悉这个老人，我多次见到他以这样的方式在旧城中缓慢推移着，我没有足够的耐心想看他每天要到达的目的地，他的坚持中是有那么一些徒劳的荒诞的意味，但他依然要面对着那样的荒诞，直到无法挪动到目的地为止。老人一直坚持的是生命的不断延续，就是生命力，一个能看得见感受得到的生命力。

我们不再观看老人，而是快速地超越了老人。但一个让我一眼就认出来的人让我再次驻足，那个曾经一直躬身玩着游戏机的男孩。那个男孩已经长大了，往我们所担忧的方向长着，我看到了另外一个生命体的荒唐。他现在这个模样在多年以前是应该可以避免的，只是没有人去阻止他，而是放任他靠着某堵墙体，低着头手指快速在游戏机上敲着，只是当时我们不敢肯定而已，但我们是曾说出过我们的担忧。由惯性所带来的影响，惯性在那个男孩身上便是让生长变得弯曲变形，他貌似已经无法抗拒着那种弯曲的姿态，像极了树的生长。一些树弯曲地生长着，只是我们观望那些树木时，我们会觉得那些树是美的，至少满足了我们在美学上的某种认知。只是当树木换成了人时，我们再不能有那样的想法了，多少有些悲凉的东西出现了，那时与美学无关，或者那是美学的另外一个极端：丑陋而悲凉的躯体。

那个我们所担忧，所曾谈论过的生命，就那样丝毫无差地展现在了我们面前，臃肿的躯体，黯淡的眼神，背驼得那般厉害。他在其中一间建筑里朝我们看了一眼，我们对视了一下，我是一眼就认出了他，而他应该没认出我。多少有些讽刺意味或者别的无法形容的意味的是，我发现了他在那个店铺里做的是根雕的生意，众多弯曲交杂的树根被拉到某个地方，在匠人的精心雕琢下，变成我们眼前好看的根雕茶盘。我是想进去里面了解一下那些根雕茶盘的，还是作罢，一些复杂的东西在起着作用，那种复杂是有着那么多年时间的堆叠之后的杂糅。他竟朝我笑了一下，我努力做出如他一般的笑容，只是我的努力必然是徒劳的，我能感受到自己的笑容正纠结成一团，那丝笑容将是异常尴尬和生硬的。

这些生命是荒唐的，如果下这样的定义，无疑是不负责任和武断的，我只是觉得这些生命中是暗含了那么几丝细微的荒唐。从他们身上反观我们自己，我们也能捕捉到一些同样模糊或明显的荒唐，只是有些荒唐因为我们深陷其中而无法挣脱和规避，只是有些我们是已经无力去抵抗它。就像那个老人，在生命到了那个节点时，他已经无法把控它，只能被生命的那个力牵扯着，自己只能继续努力抗拒着，就像他，正趴着，手里拿着的似乎依然是游戏机。

阅读随记：

《被占的房子》。科塔萨尔著。

一些貌似的讲述，听到了一些声音，听到了内心的争斗与黑夜里的冲突。有时候回到现实的艰难与坠入那些无尽的梦魇。镜子中的一些变形，由思想与想象和非现实与讲述制造的心灵的变形记。遥远的镜子，破碎的光，折射出的灵魂与灵魂的苦战与挣扎。侵入体内的梦境、失眠、孤独、恐惧、尴尬与非现实。“我”与世界的割裂，瞎子与世界的割裂，只能凭借气息来感受已经有些理性化，过滤过的理性与激情。一些情绪的决堤。沉浸于执念后的疯狂，不断复制的雕像。重生体，看着另一个自己的生存与被孤独淹没的死亡。平庸的日子里重复的失败人生。现实的不可思议与看得见的荒诞感，或者以荒诞的方式对假象进行了揭露。迷失在纯粹与混乱中的人。面具。囚禁在动物的身体里。以动物的方式在思考。逼近现实的方式。撞见心灵空间的方式。厌倦世界的僵化与固化的一些方式……

二十四

【小餐馆】

这只是其中一家小餐馆，甚至可能是我在想象旧城想象一些人时的虚构物。何谓虚构物？毕竟在这里想要描述的小餐馆，我从未进去过里面，我现在在绞尽脑汁回忆着小餐馆的样子，但太过模糊了，模糊得直接叫我有些不安，有时我转念一想，又觉得那个小餐馆与我见到的很多小餐馆可能也没多少区别，就暂时不用去虚构了。那个叫开庆的女孩，这个在我生命中占据了一些重要之地的她来到了旧城，并在旧城打工。我来旧城读高中后，开庆离开了旧城。我记住的是她那纯净的羞赧。只是我看到了，我真看到了吗？呃……我是看到了。她突然间就从旧城的那个小餐馆里消失。

据说（从此有关她的，都将以“据说”的形式出现）她离开旧城去了另外一个小城，同样在一家小餐馆打工了一段时间。据说后来她远嫁内蒙古。据说她在某个城市上班。然后就没有据说了，关于她早已音信杳无。与许多人之间的瓜葛都是这样。我们都以为于双方很重要，只是很多时候人与人之间的关系最终与我们预想的完全不一样。当时间进入时间之后，我们在回忆过往的美好轻柔时，也发现了现在的残破斑驳。一个又一个的人走失。偶尔我们会关心一下对方的现状，但更多时间里，我们只是在关注着自身，关注那个很狭隘的内心世界，而根本无暇关注他人。在旧城中，有那么一些人突然出现，有那么一些人突然消失，消失之后就再没有出现，但我们很少会去关心他们的去向，我们也很少会去关心那些人还是否生活在世上。

那个人，他的消失竟然会引起了一些人的关注，这在我看来多少还是有些不可思议，我总还以为他的消失将与别的很多人消失一样。殊不知他的消失最后引起了小城里众多人的不安与骚动。我不知道不安占据了旧城的多少个角落。我们还要面对多少的不安。我们经常能见到那个他，我们惧怕他，对他还有点厌恶，他就在那些街道上到处晃荡着，没人能说清楚他到底是哪里人。他的身份也早已简化为疯子那么简单。

我们没看到那个简化的过程。这里连“据说”都不再成立，没有任何“据说”，他在成为疯子之前的时间就是一个空白。许多人就是以空白的方式出现在旧城。他在街道上扎眼地游荡着，这里面不知道有着多少阴暗的心理在起着作用。我们一些人在交谈的过程中，有时竟会暗暗透露出来“眼不见为净”这样的想法，我们也会在一些时间里妄议过许多人，那时他只是那众多人中的一个。有时我们只是知道通过妄议来打发时间。某一天，他突然间从旧城消失了。本以为很多人会很不在意，但还是有那么一些人很在意，他们会在闲谈中偶尔说起今天怎么没有见到他了，大家都只是一笑置之。这样过了几天，有那么几个人甚至还会感觉到有些不舒服。

我们都没有猜到他的结局，我们都以为他离开旧城是为了去别处填补另外一些人内心的空白。他将再次以空白的身份出现在别处，但这个难度很大，别人一眼就会看到他眼中的恍惚神色。他没有离开旧城。而是（在这里我本来想省略几百个字，但一想还是硬着头皮让笔端微微颤抖着继续写下去）被一对做早点的夫妇杀害了，杀害之后他们把他的肉做成了肉包子，然后在那所学校门口卖，是其中一人吃出了个指甲，又有人吃出了个指甲。后来多少人因为知道真相而干呕着。那对夫妇被抓。他们的理由只是厌恶看见他那样疯癫晃荡的样子，就没有别的理由了。那对夫妇在面对警察时，他们竟觉得杀那个人很有理。他们有些不解，他们以为人们不会注意到有那么一个人的消失。

自从出了这个事件之后，有那么一些时间里，我们会特别在意一些人的消失。一些常见之人消失，脑海里立即出现的竟然是这起有点荒唐和不可思议的杀人事件，然后一些人又会有心理反应，其中很多人要经过多少时间才能消除心理上的不适感？过了一些时间之后，我们又会变得有些麻木，又会对一些人的消失不怎么感兴趣。他们的下落不明背后的命运感，并不会引起我们多少的兴趣，直到又有一些让人觉得不可思议的事件的发生，才又会短暂地在我们的内心掀起一些波澜。

阅读随记：

《恋情的终结》。格雷厄姆·格林著。

冰冷与炽热的恋情，随时处于不安全感不信任感带来的恐慌与忧心忡忡之中。歇斯底里的监视，发现了自我最可鄙部分的监视，窥探，窥探恋人、窥探他人与窥探自我，猜疑，猜疑他人与猜疑自我。恋情的开始与终结。没有终结。不再拥有时间。永恒是失去对时间的意识。一面镜子，在里面能够看清我们的镜子，我们似乎看到了自私与偶尔的正直与活力，似乎看到了皮囊里的灵魂，有时我们又会在这样一面镜子中彻底迷失对自我的判断。嫉妒、猜疑、虚妄与以为恨实则更多爱的东西汇成一股涌流、暖流、冰河流动，想在那些风一抖雪便纷纷落尽的枝杈上努力留下一些东西。

二十五

【阳光书店】

这样的店名很普遍，没有多少震颤人心的东西，但我们依然要走入其中，很遗憾它是旧城里那些没能坚持到最后的书店之一。阳光书店，顾名思义就是……就此打住，解读这个店名已经没有任何意义。里面的书籍与现在的很多书店不一样，如果它还能幸存到现在，它将是一个极具有自己特点的独立书店，只可惜没有任何让我们做假设的可能。

我们就说说那个店主，但也只能是说出那是一个女店主，样貌平常。我佩服的是她在那个书店里面卖的那些书，很少励志类，很少教辅类，现在回过头去想是有好些好书。我没有问起过她有关那些书的销量问题，可能也是销量不是很好，市场不景气，而有许多书滞销，我走入其中时，一些书籍上面的灰尘都已经懒得被她掸掉，许多书都打着折扣。看着出现在她面前的我们，她也没有多少惊喜的神色，可能是一些颓丧的东西已经抹平了她的惊喜，有一些好书打折于我们而言却是最大的惊喜。她在开那么一个书店的初衷与后来的情形之间有着太多不一样的东西，二者在往相反的方向不断往前，最终只能以大减价的方式多少减少一些损失。

书店边上就是那条护城河，应该是护城河，它刚好把旧城围在一边，我是要去证实一下这条河流，有时是有这样的想法，有时又觉得没有多少意义。就这样没有多少意义的想法，在消磨着我们对于一些物事的热情，我们已经失去了对于那些物事认真审视的能力了。我竟然注意了一下那条河流，让我感到惊诧的是那条河流的流量变得特别小，那些紫茎泽兰在河沟里长得异常繁茂。这种植物的出现像是讽刺，当然这也是后来对这种植物有所了解以后才有的想法，几近干涸的河流，一种侵略式植物，一个行将消失的书店，内心的荒漠，几者之间形成了一些勾连。我在农贸市场再次见到了她。我在回忆着。读初中那几年，她在西门小学旁租了一间房子，卖书，自己不看，自己整天编织一些东西。除了卖书，还顺带卖一些学习用品和玩具。那几年，我经常会去那个书店，翻一整天，走时买一本精挑细选的书，是在那个书店，我淘到了张承志的《清洁的精神》。"清洁的精神"几个字在我的内部引发了强烈的震动，有时我会觉得自己对于内部的看重，可能源自那几个字眼。

在那个狭小的空间里，我体会到了阅读带来的快感，我深入一个陌生却繁杂的密林里，越走越深，不想返回，我开始意识到在那个不甚显眼的店铺暗藏了一个新的世界。以现在的眼光返回到那个书店，里面的书不是很多，种类也不是很多，但对于那时的我已经足够。刚从乡间来到县城的我，惧怕很多东西，我最惧怕的是来自陌生的袭击，或者直击。我牢牢记住父母亲的话，去一个陌生的地方一定要把自己尽可能隐藏，我在人群中把自己掩藏起来，掩藏得很深，时常背着一个壳。壳是很脆弱的，与那些常被我轻易打碎的碗一样，很容易就碎掉，唯一有区别的是那些瓷碗破碎的声音是清脆的，而自己的外壳被人打碎的时候却是喑哑的。是读初二时，在那个书店门口，那些高年级的学生把我堵住，搜我的口袋，里面装着二十多块钱，那是我一个星期的生活费。他们把钱拿走后，还踢了我两脚，警告我不要说出去，不然后果会更严重。我只记得自己用双手护着裆部，不住地点头，在他们走后，眼泪止不住，哽咽的声响是喑哑的。那件事情发生在晚上，但对我的影响很大，发生那起事件后，我一个人很少会出现在那个书店，我怕那样的事件会再次发生，即便那个书店里暗藏着让我着迷的世界。我曾见到班上的K，因为和一些高年级的人发生矛盾，每天那些人都会在学校门口等着K，每天K都会在教室里待很长很长的时间，K才敢回家，如果早一点出去，免不了要被打。我把一切看在眼里，但不知道该如何帮助K。在我看来抢劫事件对我同样有那样的影响。我花了很长一段时间，才渐渐抚平了那些人在我内心深处留下的阴影。那些人说不清楚是遗忘了我还是别的原因，再没有找过我。

当我再次出现在那个书店门口时，书店的名字依然存在，“阳光书店”，但店面紧锁，店的左手边写着“铺面转让”的字眼。面对着那些字眼，我倍感失落。在失落中，我想不起那个女店主的模样，特别是无法估计她的实际年龄。在农贸市场再次碰到那个女店主时，我已经读高三，我依然无法分辨出她的大致年龄，只能分辨得出她的神色里有一点点凄楚，那应该是不断辗转后才会有的神色。

这里又将提到那么一些阅读者（回过头来我才发现，其实也只是涉及其中一个）。他们也将只是以阅读者的身份短暂出现，并不具体，也很模糊，模糊得成了类似一个概念。我也可以算是其中一个。合林也是，吉平也是，福东同样是，这几个人算是具体的，但我们知道周围还有一批阅读者。我们进行的都应该算是纯文学意义或者是严肃意义上的阅读，我们会就某本书激烈地谈论着，现在那些激烈的声音已经成为一种空响，或是偶尔在内心出现的回响。那时我们不断通过阅读积累来提高自己的阅读判断。如果那些阅读者能坚持到现在的话，我们将基本有了一定的阅读判断。只是许多阅读者在不断走失。

那是我在另外一座城市的精神病院里面遇到他，他说现在经常会有一些幻听，他需要来这里疗养一段时间。我递给了他一支烟，他深深地吸了一口之后，他竟然跟我谈起了阅读（我总觉得在那样的环境下，似乎不适合谈论阅读，在知道了那是怎样的一种环境和情况之后，才发现那样的谈论并没有多少荒诞的意味，我们是可以在那里谈论一下阅读，我们甚至可以在那里谈论一下人性与生活的重量，而现在我们是在谈论阅读），他说他很爱阅读。这时，我想到的是那些相继走失的阅读者，而他还是未从阅读旅途中走失的人之一。我似乎对诸多阅读者的消失感到有些悲观，有时我也告诉自己大可不必这样悲观，很多人还在默默坚持着阅读。我们简单地谈论了一下阅读，我朝他轻轻摇了摇头说自己平时很少阅读，我只是想通过这样的方式引出一些什么。那时，我很好奇。其实，最终我并没有引出什么东西。当他以为我真不是一个合格的阅读者时，就不再有兴趣继续和我交流了。我并没有追问他爱读什么书。我可以假设他阅读的是一些哲学、思想等之类的书籍（现实也可能确实是这样），我很敬佩这样的阅读。阅读是必要的，有时阅读会带来安魂一样的作用。精神病院里的很多人是需要安魂的。我甚至觉得自己也经常需要安魂，我必须要不断依托着阅读，并让阅读治疗我的暗疾（那些藏在暗处，还未显露的疾病）。那些病人背后有很多的地名（其中是有那么一个人来自旧城，只是他一直沉默不语，他貌似很冷漠，或者早就已经变得冷漠，我在想跟他说一些话时，他并不搭理我），不幸无处不在，该如何才能不会轻易被不幸击垮？

阅读随记：

《南方高速》。科塔萨尔著。

叙事的方式。观察世界的方式。飘荡的云彩。观看之道：退到目光之后。事情的非自然部分。无意介入与破坏。摄影：观看之道与破坏平衡之道。出现在画面中的不可预见性的东西。真假难辨的回忆。时间被拉长扭曲。与记忆和屈辱的心理抗争。时间的复杂，放入时间的躯体变得越发复杂。活在演奏的时间里。华丽外衣掩藏着的别的东西。与现实格格不入的艺术家，以及与现实打成一片，最终被现实吞没的艺术家。爵士乐手内心世界在现实中的遭际，一个失败者，一个时而清醒，时而迷乱的失败者，天才的失败者。内心的追寻，光鲜之下的腐败与不可自拔，放荡不羁的精神世界。谎言。沉默。廉价的情感与欲望。假装的角色与情不自禁的入戏。在《克罗诺皮奥和法玛的故事》中，寓言的，幻想的，古怪的，暗喻的，魔法的，抽象的，现实的，超现实的，一本正经地讲述着最自然不过的东西，或是最为荒诞充满幻想质地的东西，或是最为孤独的向外，或是孤独所依附的外部巢穴。怪异的行为，对比，相互，貌似怪异却独特的对于世界的认识，一些貌似有病的生命在津津有味地做着一些事情，一些人一些物进行着属于内心的隐秘的对病态与烦琐的迷恋。

二十六

【步行街】

我又出现在了步行街，我是去买一些祭祀用的香。这些由有着独特芳香的植物制作的香是外来者，还是旧城中就有那么一些制香人？这是一直没有被我揭开的迷雾。旧城里有着众多这样的迷雾缠绕。步行街上，一些东西保留着，一些东西已经被弃置在时光的某个角落里。一些店铺，这么多年还一直开着，像这个在那个街道拐角处卖祭祀用品的店，像那个米线铺，像那个蒸饵丝铺，多少次我们就在其中一个米线铺子里舔噬着油腻的嘴唇，多少次我们就在某个蒸饵丝铺里彻底醒来。有些店主，我应该是很熟识的，但这么多年了我们之间也没有多少交集，我们都只是浮光掠影式地谈着一些东西，即便这么多年过去了，我们之间多少还是有些顾忌。长久的陌生感，无法轻易驱除的陌生感，都隐隐起着作用。

步行街经过了一些修缮（准确说不是小范围的，修缮的范围很大），有些是彻底推倒重来。我们不断适应着它的变化。我们本应该也要学会适应那些新出现的店铺与新出现的人，其实我们并不需要如此，我们与其中的一些店铺一些人，完全没有时间和可能会建立起一些亲密的关系，哪怕是萍水相逢一般的关系。现在我们很少会出现在步行街，我更多是出现在旧城背后，那里有大自然，我们在接受着大自然的美的同时，也在接受它的某些方面的丑陋，但我们能感受到的更多还是美。

表哥说：你要经常带着女儿往大自然中走，而不是带着她往步行街的嘈杂中涌去。表哥确实是这样，几乎有闲暇的时间就会带着儿子沉浸在旧城背后的大自然之中。而我还是带着女儿出现在了步行街，并在其中一家米线铺子里吃了一碗米线，还是多年以前的味道。然后带着她在步行街上慢慢晃悠着，并给她讲述着世事的纷繁变化，其实还是讲给我自己，我就是在自言自语，她还太小，丝毫不懂我正在讲述的是什么。

他就生活在旧城中的某个民居里，这是我耳闻的众多人中的一个

（也因为耳闻，让我的叙事大打折扣，漏洞百出，那些人可能会在我的讲述中失真），他早就是一个老人了，当我突然之间想起他之后（在这之前，我从未见过他，我是在某个副刊专栏上知道了有这么一个人）。我向一个朋友打听了他的情况，从那个朋友口中，所了解到的是他已经离世，这时他将以亡灵的身份存在着，我知道自己没有勇气跟一个亡灵进行争论。时间就这样变得模糊，时间经过了多种交替，他从一个我暗想中的老者变成虚无的个体，但在了解到他的情形后，我竟觉得那个本是虚空的个体又开始有一些东西充盈着。他以很复杂的个体出现在了我面前。我是与另外一个与我一样的异乡人谈论起了他。那另外一个人与我一样，同样熟悉那个不是很大的旧城，每一个人都有属于自己的旧城。另外那个人是个女的，也让她的文字带上了轻柔细腻的意味，我的文字相对有点粗粝的坚硬。他的文字与那个我曾见到的另外还在世的老人（到这里，加上我的话，已经出现了四个人，四个用自己的文字和思想的空间表达着旧城的人，这里我们姑且不去议论我们四个人的文字水平，我们姑且议论我们的某些偏执）不一样，他们唯一一样的应该是文字里，表现出来的对于旧城那近乎偏执与狭隘的爱。我是见过他的那些有关旧城的大部分文字，他把旧城在内心里建成了一个宫殿，那些历史、文化与信仰充斥于宫殿，如果他见到我在这个文本里尽量避免狭隘与礼赞的话，他一定会对此嗤之以鼻，他一定会痛骂我在以这样的方式对它的宫殿进行着比时间更为严重与残忍的侵蚀与篡改。你这个强盗，你这个嗜血者，你这个无知者，这是在那时莫名出现在我脑海中的，我在想他会不会这样恶毒地咒骂我。有这样的想法时，我无疑是把他当成了一个极为狭隘的民族主义者。到此为止，他是彻底失真了，他早已不是原来我们围绕着对谈的那个人。那个真实的他，已经消隐，这是另外一个人，一个似乎存在过又不存在着的人。莫非这时，他已经成为一个虚构的人，或者是在别的世界中生活的某个人。他的宫殿是倒塌了。至少我目睹着这个华丽极尽奢华的宫殿的轰然塌陷。

我在想象自己会以什么样的方式来应对他的怒怼。我想象着我们之间发生的激烈对话，我终究无法真正得体地面对着他。有时，我会觉得自己是有些残忍了。我竟在脑海里大肆铺陈着他的偏执与狭隘。他是有些偏执和狭隘，他容不了任何沙子对于眼睛的侵扰。怎么会有那么多失败的人呢？怎么会有这么一些孤独的人呢？这座小城怎么会是孤独的？孤独到底是谁？你是在指名道姓吗？我就没有见到孤独的人，我就没有见到那个叫孤独的人……还有众多对我的反驳，我是在翻阅他写的那些文字，来完成着一个按理说是可以存在是应该存在的争论。他的反诘也是有那么一些道理的，他的笔下都是一副其乐融融歌舞升平的景象，而这些在这个文本中被我悄悄绕开了，我想碰触的是旧城的另外一部分。

如果我们真的会相互面对面的话，我们之间也可能没有任何的争论，我们会变得和平时一样沉默。这时，我是从别人那里了解到，他是一个沉默而古怪的人。我虽然不偏执，却是一个木讷而不敢与人有任何争论的懦弱的人。在与那个女的简单说起了他之后，我们都有些后悔，一个离世的人是应该让他入土为安了，是不应该骚扰他那可能已经收获的稀少的宁静。我们又谈起，在生前他是无论如何也不会安静的，他与那个你常见到的老人一样，随时在旧城中行走着，当某天你在旧城里碰不到他的身影，那就只有病了或者是离世了。

我一直以为，他的存在类似隐者，只会在暗夜里出来，在旧城的那些角落里行走，他有着猫一样的眼睛，但与想象中完全不一样，他是把自己彻底融入了那个有些喧闹甚至有些慌乱的世界里。他的那些文字，曾在某个副刊上连载过，与帕慕克《黑书》中的那些专栏不一样，它们所要呈现的内容和方式完全不一样。我在想，如果自己也写一个专栏的话，我又该以什么样的方式进行，我又该如何处理世界的真实以及由真实旁逸的另外一些真实，最后只好把这样的想法丢开，关于旧城，我写不了副刊专栏。我们从他身上绕了过去。我们又提到了那个湖泊边上的湿地，这个季节那些桦树的叶子正在发黄，有一些掉落在地，厚厚的一层黄叶，我们提到了其中一片叶子的打旋，慢慢地落了下来，只是不知道又落在何处。

阅读随记：

《黑书》。奥尔罕·帕慕克著。

如梦消失。耶拉消失。卡利普到处寻找着他们。叙事与专栏。耶拉的孤独在思想与专栏上的蔓延。孤独的痼疾永远缠绕着一些人。挥之不去的忧愁与孤独，我们在一些人身上看到了它具体的形状。慌乱无措的卡利普。洞穴的尽头，黑暗的深处，自己所坠入的深渊，沉溺其中的烂泥。努力避免记忆的逐渐荒芜。遗忘了什么，又记住了什么？地理世界与精神世界，在世界之中萃取意义。一些命运感的浮沉，那些记忆的花园与命运的花园，以及花园之内的哀伤的洪流。与世界之间的疏离感，如梦消失后，在寻找如梦的过程中，卡利普深刻地感觉到了迎面而来的喧哗、怪诞、欢腾与寂静。不是自己，而是滑入另外一个躯壳。集体的挫败与忧伤，集体的失真，集体的不再是自己。双重身份或多重身份。如梦依然不见踪影，只是自己在某些时间里成为了耶拉，成为了另一个人，自己被消磨，自己消失。记得他跟我说，在那一刻，你要成为他，成为另一个人，或者你要让另外那个人成为你，这样你才能把握另外一个人的节奏与内部的黑洞里的声息。解读那些符号以及背后的隐秘意义。文字游戏却不是简单意义上的文字游戏。脸谱之内的隐喻。面具，各种符号，各种色彩，但有时终究是符号，终究是表象的色彩。在那些蛛丝马迹之中追寻着记忆，潜藏于文字与记忆中的秘密，那些让自己有着无比伤感与毁灭感的记忆。真实的声音，真实的自己，重新成为自己，从那无尽的深涧中缓缓攀爬出来。如梦被谋杀。耶拉被谋杀。记忆被谋杀。“个人的隐晦执迷。”

二十七

【供销社】

在步行街上，一个有着一些年代记忆的房子，“供销社”这样的字眼现在的作用只是在暗示着一些过往，也只能在建筑之上重新拾起一些过往而已，它与别的那些最终沦为地标式的建筑还是有些区别，很少有人会把它作为地标一样的存在。它就被晾在步行街的那个角落，步行街经过多次修缮，让人感到有些惊奇的是这个建筑并没有像电影院、看守所等建筑一样被彻底抹去，而是还在。

那个陈旧破烂斑驳的建筑，表象并没有引起多少人的拒斥，也没有多少人会觉得它与周围的那些木质建筑之间有多少的不和谐感。在修缮旧城的过程中，不知道因为什么原因，人们竟然没有想到该如何处理这个建筑，那就让它以那样的方式存在着。这个建筑就被我们这样近乎漠视着，这样的存在多少还是让人倍感不可思议。我又出现在了那里，它依然存在着。供销社与电影院等，应该是前后没有隔着多少时间就出现在了旧城里，它们衰老破旧的速度几乎相近，只是它们在衰老到一定程度后结局不一样，它们也在用它们的方式诠释着命运感的捉摸不定。如果是我想到的话，只是想到供销社的提前消失，而绝对不会是电影院。但现实不是这样，许多现实，并没有如我们所想般发生。

这么多年，这个建筑里面卖的就是服装，我曾多次看到降价亏本处理等字眼，还以为从此里面就会卖别的东西，最后才发现还是服装，一些面向中老年人多少有些归于素朴甚而有些呆板的衣服。店员倒是经常在换着。在晦暗的色泽中，里面即便有灯光，一些暗处依然无法穿透，一些色泽就在某个暗处残喘休憩。我好奇的还是里面的人，已经换了一波又一波，他们的命运必然各异，就像我进入了其中，也成了那一波又一波人中的一员。现在我是感受到了自己的世界沉压在自己身上的重量，这便是我和表哥经常谈起的世界的重量。那个女的，一眼就看出了我内心的压抑，她委婉地跟我说起要学会舒缓一下，她担心的应该是我可能要被生活的重量压垮。我惊讶于她的一眼道破。

在供销社面前，我们更多想到的是那些过往的人的命运。其中有个女的，突然间精神失常了，据说是为情所困，这样的突然里有着太过脆弱的神经在起着作用，也还有一些隐秘与粗暴的东西在起着作用。那是现实的一部分荒诞。男的出轨了。她开始在旧城里到处晃荡，我特别好奇她眼中的旧城，一定与我们所看到的不一样。她应该看到了旧城背后的东西，就像她看到了人背后的东西。还有许多的人，我在记忆的残枝碎片中打捞，一些人，一些地点，一些时代的特点，造成了不同人的命运感的如此多变。我在努力进入那些人的内心深处，但这样的进入实在太难了，而妄自揣测又有点粗暴与不负责任。

我再次从供销社门前经过，与我想象中一样，想象与时间之间的关系，想象给了时间一些张力与空间，时间有时会粉碎想象力，而现在幸好时间并没有把想象力彻底粉碎，而是想象对时间完成了让人诧异的注解。女店员朝我笑了笑，从她的口音我能轻易就分辨出了这也是一个异乡人，两个外乡人间的惺惺相惜藏在了暗处，没有被任何人道破。

他出现了。颠扑不破的人生在那里晃荡着。他自认为是一个艺术家。他以艺术家自居。我们看在眼里，但不好说破。他暂时在我们眼里就是一个行为艺术家。一个人经常跟别人说自己是艺术家，而且还是以那样严肃且自信的神情对着人说的话，你有时不禁会扑哧笑出声来，或者把头转朝一边，捂着嘴笑着，不让他发现。荒诞且不可思议的行为不断出现在你面前，你也每次都能笑出来，笑过之后，你是会认真思考那个重复的行为背后的一些真实。他是患上了一种时代的病疾，只是在那个小城里，这样的人还不是很多而已，如果把地点扩大，这样的人可能会有一批。一批这样的人，有一些隐喻的东西，有一些反讽的东西。他没有明说自己要成为什么样的艺术家，艺术家的种类很多，我是曾问过他，他一脸鄙夷与不屑。

行为艺术家没错，有时会突然想起卡夫卡笔下的饥饿艺术家，有时会让人想起某个站在街头汹涌人群中静静站着的行为艺术家，有时还会想到其他。在酒精的作用下，我鼓起勇气说“你是行为艺术家没错”，他竟沉默却严肃地甩给我一如既往的鄙夷与不屑。他并不认为自己就是一个行为艺术家。他在骨子里也曾冒出各种艺术家形象，他经过了一一筛选，但他还没有拿定主意要成为哪种类型的艺术家。我们也深刻意识到一个人最终的走向，他命运的终结点究竟是什么是我们无法预料的，我们不能轻易就肯定地评定一个人。他现在看似是以一个迂腐自大的形象出现在我们面前，但我们不能肯定，多年以后的他会不会果真成为他心中所想要成为的那种艺术家，如果成了，那就是在抽打着我们的随意与不负责任。只是在我们看来，现在的他就是一个怪人。他逢人就说自己是艺术家。这个不断重复的行为，很明显是带有了行为艺术家的某些特点，有时我也会怀疑他在否定我们对他的定义会不会同样是他行为艺术的一部分，会不会我们在一本正经地表达着自己对他的看法时，他正躲在某个暗处看着我们的一本正经而乐不可支。

他到底是哪方面的艺术家，这连他自己都没有定论。我们姑且就叫他艺术家，我们恭维里的一些东西，他丝毫没有感受到，他说自己是最后一个艺术家，他的艺术天分源自那些远古的想象力与诗人，那他是诗人吗？如果以我们对诗歌的评判标准来进行判断的话，他不是，他最多只能是对世界有着一些坚硬偏激的看法的人之一。艺术家变得越加穷困潦倒。皱纹满布，眼神呆滞，头发纠结，衣服脏污，这些是他日渐明显的特点。他一再跟我们强调，在很多时间里他并不是他自己，而是别人，他一直在以艺术家的身份要找回自己，只是发觉自己已经无法真正找回自己。他在一些纸片上像虫子一样记下了我们看不懂的天书，准确些那应该是虫书，一开始我们并没有发现那是虫书，那是他用戏谑的口气跟我们说起那是虫书，那是只有他自己才能读懂的文字，那时他就是一只虫子。在他的提示下，我们发现那确实与诸多蛀虫在木质建筑上留下的痕迹很像，他猛地跌倒在了地上，像某种虫子一样蠕动着。他朝我很诡异地看了一眼，然后朝某个木质建筑爬去，他诡异地望了我一眼，那一眼让我毛发直立。当我缓过神时，他已经消失在了那个木质建筑里，我不敢朝那个建筑走去，我真担心自己见到的将是一只虫子。

他就是以虫子蠕动的方式消失在了我的面前。这是在很长时间不见到他之后，他最后留给我的印象。有那么一些时间里，我在旧城中向一些人打听着他的消息，就是一直以艺术家自居的那个人，而与我交谈的那些人满脸的迷茫，他们坚定地摇了摇头，他们不曾见过这样的人。那我只能说，那个人只是出现在了我的想象之中，他只是我那有些混乱有些超现实的梦境的一部分。

阅读随记：

《过于喧嚣的孤独》。赫拉巴尔著。

三十五年置身于废纸堆中，思想的来源会让人无端疑惑，是源于阅读，还是源于自身。阅读，在血液中流动，时而炙热而奔腾。最大的幸与不幸。孤独与稠密的思想。稠密的思想在孤独中闪现奔突累积。该如何才能做到目睹不幸而能漠然处之，甚至泰然自若？答案该是什么？在孤独中背负着世界的重量。生活在恐惧之中，生活在已经无法挣脱的生活惯性之中，如果脱离惯性，无疑就像火车脱轨，而那个小小的火车上，一些儿童笑出了声，清澈悦耳，纯真无邪。精神斗争，与僵化、板结与垂死作斗争。有时逆着时间回到那些过往，有些美好，有些尴尬，有些残忍而绝望。悲哀与孤独在地下室里充斥着，游荡着，在众多的绿头苍蝇的嗡嗡声中，在众多老鼠啃啮着废纸堆的声音中，那些悲哀与孤独加重，变得更加怪异。永远请求宽恕，有时却不知道该宽恕什么。有时更多只有负罪感。“头上的星空与内心的道德法则。”地下室的阅读。黑暗中的阅读。地下室手记。“一个孩子般的茨冈小姑娘”，满溢的泪水与彻底的失踪。那些外延的东西：一座城市背后的思想与思想家，一座城市的历史文化，众多个体的生命体验，以及还有其他。该如何适应那个不曾想象过的世界？

二十八

【宗祠】

那是一个破败的宗祠，我无意间进入了其间，那时我让一种漫无目的的状态支撑着我，而进入一个宗祠这是我的预想之外，我竟然没有想到会遇到一个或者几个宗祠，现在想想，这已经足以让自己吃惊。应该是错了错了，我行走是漫无目的的行走，我行走是可以与虚无主义搭上一些联系的。错了错了，我不应该纠结于此。

眼前的宗祠宏大，独栋，风格与别的那些民居迥异，雕梁画栋，空间敞亮阔达，与它前面的民居一对比，虽然给人的空间感都很强烈，但宗祠给人心理上的负担感竟轻些，这……可能是我的判断再次失去了方向与准则。空阔的世界里曾经的景象，我只能在脑海里进行一些想象，没能想象出来，这是我第一次见到这么大的宗祠。严肃的气息依然扑面而来，在那个空落的世界里，一些严肃的粉尘在飘荡着，我在其中一个蛀虫蛀噬过的痕迹明显的柱子上轻轻一触，灰尘沾染在了手上，一吹，灰尘纷纷扬扬落着。面对着祖先的牌位，忆古思今。一些家庭的重要集会在这里举行着，一大家子人其乐融融。这是在脑海里被无限扩大的虚构或真实。感觉想象的气氛有些不对劲，想象中的这个世界略显严肃和呆板，在这样的世界里，我有些待不住了，如果是略微有些活泼可爱的气氛将是我喜欢的。但想象力现在所要必须依附的就是一个只剩下建筑的祠堂，里面空无一物，祠堂前面杂草丛生，祠堂前面的民居里已经没有人住，瓦楞里同样杂草丛生。人们是应该从这里搬了出去，可能就在新城的某个地方，很多人从旧城搬了出去，有那么一些人重新回到旧城，但看着眼前的情景，短时间里应该是不会有人回到我现在所在的世界。

我是要面对着一些亡灵，这样的念想不禁让我毛发直立，转念一想，在那样空落的世界里，亡灵也会感到寂寞，他们可能也早就从这里逃离，那就只剩下我以及已经没有祖先的宗祠而已。我是想找个时间重新回到这个宗祠，时间长些，让时间感格外强烈些，那时又会发现这个世界的一些变化。

当我最近一次出现在旧城时，我去找寻着曾经的宗祠，找不到，那个宗祠早已不见踪影。这次，我还发现了曾经已经变得有些空落的旧城变了，变得不再空落，许多从旧城中搬出去的人，又纷纷回到旧城，那些落寞的气息被喧闹的人群驱赶着。由于人们的逃离，由于疏于打理，那些潮湿幽暗一度渗透在旧城的任意角落。但此刻，我透过一个又一个的门缝，我通过一个又一个敞开的大门，发现大部分的建筑从内到外已经发生了让我感到不可思议的变化。此刻，我开始真正意识到我笔下的旧城，被我定格在了某些时间段，但绝不是现在，这也会导致一些人看到这个文本时，会觉得我是误读了一个边地小城。

经常会听到一些人的自杀。无法承受孤独，看着那些人来人往的人群，他突然觉得自己的生命如草芥，其实连草芥都不如，真实情形是有时草芥的生命力旺盛坚韧，你会在看到它们时无端涌出对于生命力的羡慕。这时他是彻底崩溃了，他开始轻视自己的生命，他已经感觉不到自己还能继续活下去的理由，他长年被疾病所折磨。他爬到了某个建筑（印象中是能清楚说出建筑名的，又不敢肯定，那就是某个建筑吧，我在想象他在面对着众多的建筑时内心里面的波涛起伏，他也在选择一个适合自杀的地方，那时无疑他一心寻死，已经无法冷静地思考从哪个建筑一跃而下，而出人意料的是他异常冷静地选择着那些建筑，他站在了某个位置，一望，让他感到吃惊的是，竟会有那么多的建筑，与印象中完全不一样，至少没有这么多的建筑，而他已经有多长时间是生活在了现实之外，或者是太过沉溺于现实之中，也由此可以推断他的精神有些涣散，竟是身处于现实而不知现实为何物，这好比我们都觉得精神可贵，却不知精神是何物。他听到了内心深处的洪流滚滚，他看着那些同样身处洪流之中却偏执略微有些可笑的人时，没有感到任何的可笑之处，也没有多少可悲之处。又忘了，他那时情绪激昂，早已失去了判断的能力。最终在一种惶恐急迫的心理作用下，他匆匆爬上了某个建筑，而在这个过程中，他没有遇到任何人，这也意味着失去了让情绪阻隔一会儿的可能。这样他虽然气喘吁吁手足有些颤抖，但已经是爬到了楼顶）的楼顶，在这里他可以把小城全部囊括进眼里，这时他反而平静下来了，他从楼顶走了下来。

阅读随记：

《色》。维托尔德·贡布罗维奇著。

孤独而沉默。失语的状态。极端主义者。肉体的老朽。某种对于空间的入侵，让空间与时间的意义发生了变化。因为对于青春之美、肉体之美、精神之美的迷恋，以及发现这些美的受压抑与必然的唤醒，把别人拉进欲望与幻象之中，在别人身上编织梦想。似乎是一种老朽的偏执的意念在支撑着他们。貌似两个人的疯狂，可延伸为一个群体的疯狂，两个人或多人就会变得理性，而现实一再反驳着这样的观点，观点一击即溃，多人有时会变得疯狂且不可理喻。想起《乌合之众》。信任与恐惧。色彩在黑暗中暂时休息一下。有时尽可能地麻醉自己，只能这样，有时只能这样。潜意识的思想搏斗。病态的思想蔓延与扯拉。虫子体内的苦痛，似乎是感受到了虫子的苦痛与噬咬灵魂的苦痛。那个最终没有选择自杀的人，一定也是曾与弥漫在内心的忧郁抗争着，他突然明白了不能让忧郁的情绪和思想一直蔓延周身，他突然明白了把那些病态的，虫子噬咬般的思想从脑海中慢慢清除。

二十九

【教学楼】

我要描写哪栋教学楼？我微微闭上了眼睛，在脑海里不断过滤着那些教学楼，教学楼被我一一过滤掉，教学楼前那栋房子的一楼是图书室，图书室里是那个正襟危坐的政治老师，他除了教我们政治课的同时，还管理着那间不大的图书室。政治老师喜欢书法，我曾向他索要了一幅字，写的是“群贤毕至，少长咸集”，没有经过装裱，被我放在家里二楼漆黑的卧室里，空气里混杂着粮食的气味。

政治老师暂时消隐。有关那个图书室的一个事件要被我拿出来，这是我很多年不敢把它拿出来的，本来我想让它在内心深处彻底腐化，有时这样的希冀却不能如愿，那于我就是一个事件，是我印象深刻的阅读事件。有关郁达夫，那时读郁达夫读得如醉如痴，他几卷本的文集都是从那个小图书室里借出来的，看完竟起了歹念，我把其中一本书中的几十页撕了下来，那应该是他的某个小说，我太喜欢那篇小说了，是《春风沉醉的晚上》还是其他？我撕下了小说藏了起来，早已不知所终。这时政治老师又出来了，我们要还书就必须要面对他，而我最为惶恐，有那么一会儿感觉气有点不顺，幸好政治老师不检查书只是叫我们摆回原处即可。阅读解决了我们当时的一些不安。政治老师，在我记忆中就只是政治老师、书法爱好者和图书管理员，其他的就不再有什么了，我没能获取任何有关他的别的方面。他生命的状态，他的生活，这些也因为不熟知而无从谈起，只是记得他是旧城中的人，会经常邀约好些友人聚集在某个古建筑里挥毫泼墨谈论书法艺术，有时还会谈论一些别的。

读高二那年，在学校里经常能见到一个与我同龄的女孩，大部分时间里一副精神恍惚的样子，那双深邃无常的眼睛，偶尔才会闪现出几丝明亮的光。对那个精神失常的女生，我总是感觉到很惧怕，那种惧怕并不只是我一人独有，在那所中学几乎没有人敢接近她。那个女生，往往穿一身猩红色的衣裳，不断出现在学校，且经常去“×××”班教室，一直以来我都觉得可能是那些数字暗合了她的内部。就像我特别喜欢“125”一样，我喜欢那些数字，“125”是我读初中时所在的班级。

跟着她出现的还有她的父亲，一个着装朴素、神情异常疲惫的农民，那个父亲在面对着精神失常的女儿时显得很脆弱，他唯一想到的办法便是苦苦哀求他的女儿，而结果可想而知。那个农民只好坐在教室的最后一排，守护着她的女儿。那个在别人看来会伤及到他们的女生，那时我同样有那种感觉，我甚至会担心那个女生出现在我们教室。直到现在，我重新审视那段时光，我总觉得那个女生是可怜的。现在，每当回想起那个父亲苦苦哀求女儿的情形，无法言说的痛楚就会困扰着我。有许多人都觉得那个女生是可笑的，在人们的口中她成了笑料，虽然那个时候，在内心深处时不时会排斥那个女生，但我从来没有说出来（没有说出来，并不能表明那就不是恶），在很多地方有很多人在谈论那个女生，我永远只是旁听者，悄悄地听着。县城里并没有精神病院，我很担心那个女孩，我不敢对她的后来进行一丝一毫的遐想，重点我是担心她果真被送到精神病院。那时，我还从未见到过真实的精神病院，在我的思想深处，精神病院应该是一个窗户紧闭内部幽暗的房间，窗是铁窗，即便内部像一般的房间那样敞亮和温暖，但那一颗颗迷乱的心里贮存的都可能是黑暗。那个女孩应该不会想去那样的房间，从她几次三番地出现在“×××”班教室的行为就可以看出，教室内部宽敞明亮，窗户同样敞开。

我不知道她对于自己所做的那种行为的认识，她是不是在毫无意识的情形下做出了那种行为，或者她清醒地意识到了对于那种行为的无法割舍，难道只有不断实践那种行为（不断地走入“×××”班教室认真地聆听教师的讲课）才能填补内心所存在的巨大空洞？有时我总觉得那个女孩出现在那所中学的时候（至少是从五楼望着她），我没有感到那是一个意识处在无法控制或者模糊的人，而是表现得很正常，如果不是她父亲的尾随以及学校老师的着急，将没有人发现那是一个精神失常的女生。而现实是她的父亲出现了，那些教师在着急与极力阻挠中把真实暴露在了我们面前，那些教师一致认为她会伤害别的学生，她会影响别的学生。那位父亲在没有办法的情形下，转过来苦苦哀求那些教师，让他的女儿在教师里待上一会儿，就一会儿。学校里的那些老师看着苦苦哀求的父亲，感到心酸震颤，便让那个女生坐在教室里听了一个多月左右的课。每天她的父亲都陪伴在她的身边，当然那一个多月的课是断断续续的，一个多月过去后，再也没有见到那个女生。那个女生像极了我们在孩童时期，在野地里捕捉到的蝴蝶，对那些蝴蝶的结局我们是不太关心的，我们只关心蝴蝶的美丽，以及对于那种美丽的占有。那些蝴蝶被我们捉住后，我们不知道该如何对待它们。往往在我们用孩童的审美眼光，看到了它潜藏于曼妙外部的内部的曼妙时，被我们不小心捏死了，那些蝴蝶太脆弱，我们不知道该如何安置被我们捏死的那些蝴蝶，我们只得把它们丢掉。不像后来，我们总是有意去捕一些蝴蝶夹入书页里，不是当书签，而是作为一种美的标本，那种标本能保留很长时间。那些被我们捕捉的蝴蝶残留在手指间的金粉，美得炫目，却有种让人无法承受的头部眩晕感。可以肯定地说，在不断关注那个女孩的过程中，我意识到她像蝴蝶一样脆弱。我总觉得，她那在旁人看来混乱的神经，其实异常清醒，至少比我们那群旁观者清醒。据说，她好了，不知道真假，但我真希望那是真的。

阅读随记：

《北京：城与年》。宁肯著。

空间。时间。不同的空间关系。不同的时间概念。确定空间与时间，用局部和碎片确定空间与时间，并努力确定我们自己。空间的混乱无序与有序。那些失去踪影却存在过的物象。时光可逆，往回走，一次或几次，重复或重生或再生，看到了记忆之鸟，看到了记忆中的不安与湿重，想奔跑，却陷入泥坑，被拖慢速度，有时甚至直接无法移步。有时会有在时间之外的错觉。“非正常”是如何变成“正常”的，这个过程往往极其漫长，还在发生，又往往极其迅疾，超出了我们的承受力，也以同样的方式和速度让“正常”变成了“非正常”。时间的完整性与破碎性。记忆的多次并置。时间的偶尔停顿，世界的不确定性。时间所具有的覆盖能力与篡改能力，让人吃惊。时间的蒙面人，蒙面人，无法发声，或发声却没太多作用的人，乌合之众，人群，人，数字继续被减少，思想继续被肢解，人被“解构”。

三十

【遗址】

这是遗址之一，是人们已经渐渐忽略其存在的一个遗址，这与现在的很多遗址不一样，现在很多遗址貌似显得越发重要。一些遗址的重要。这个遗址却不是这样。遗址在一个山沟里，旧城往后，经过一些庄稼地就能见到，现在那些庄稼地已经被那所中学填平，在上面建起了一个运动场。现在它就在围墙外面，我是可以肯定地判定没有多少人会去关心它。我与一些人提到了那个遗址，很多人都朝我不解地摇头，那神色分明在惊诧地问我难道还有这样的存在？遗址，真变成了一个被遗忘之地，至少是已经变成了没有人会把观察力放在其上的世界。我们需要保留对世界敏感的感受力，有时我们是认识到了感受力的重要，很多时间里我们让这样的感受能力从指间滑过，即便我们伸一下手就可以触摸到那些长得茂盛根茎鼓胀要溢出绿汁的蓬蒿，我们也习惯了低着头而忽视了类似眼前的遗址一样的物事。

我来到了后山，旧城背靠着的那座山，那是在旧城里面到处游荡后觉得一个浩大的空间在吞噬着我后，我开始频繁出现在后山。这座山是旧城自然谱系中重要的存在。山上草木繁盛，山脚因为有着大量的桉树，而相对显得有点点荒凉与颓败，除了这些桉树所带来的视觉上的不适外，一切还好。这里又将引出我对于一片自然的迷恋了。

那是我的目光无法轻易穿过的空间，白天和黑夜我都曾在后山俯视过那片旧城。后山是一片墓地，许多坟墓的存在让后山本身具有了诡异的意味，甚至在后山看到的事物都染上了几丝诡异。我在后山看那片旧城，总觉得旧城里扩散着一股魅惑人的光斑。我总是拿本诗集（应该是诗集，如果不是诗集的话，我也想让记忆篡改一下，记忆篡改了，是诗集）来到后山，对旧城只是偶尔地凝神细视，更多时候是在后山大声地诵读着那些诗句，似乎只有那样才能把因发现那丝隐秘的诡异所导致的惶恐不安暂时驱散。就在阅读诗集之余，我朝那个山沟望了一眼，就看到了那个遗址。

据说，那里原来就是关押犯人的地方，建得有点像碉堡，水泥建筑，门上的锁被铁锈咬着，钥匙是掉落在了时间的某个地方，我们已经无法找到钥匙，即使我们把钥匙找来，钥匙也已经无用。钥匙将以我们在面对时间时一样表现得无奈而痛楚，我们在那扇行将朽坏却一直还在的铁门的缝隙里朝里面望着，有一个隧道，光线被隧道吞没。

我不是有意观察他，甚至我总是有意避开他。在我的视觉与胃部的结合处，面对那个毛发纠结、衣服油腻肮脏、神色疲惫慵懒的乞丐，心里会出现莫名其妙的恶心感。他整天靠在过去我们经常看电影的那些录像厅门口，一副若无其事的样子。现在那些录像厅已经不再放映电影了，只有一些店铺还开着，不放电影，卖一些光碟，很多是以前放映电影时留下来的旧光碟。那些光碟表面落满厚厚一层灰，但他们懒得去擦拭它，他们同样懒得把那个乞丐赶走，似乎他在与不在都不会影响他们的生意，本身那些店铺就很冷清。我不知道那个乞丐夜晚是在什么地方过夜的，我同样不知道那个乞丐的冬天是怎么过的。县城的冬天很冷，人很容易手生冻疮，耳朵生冻疮，甚至连脚都会生冻疮。而那个乞丐，我丝毫没发现任何被冻伤的痕迹，或者是那层由污垢沉积的乌黑阻挡了寒冷的入侵。我猜测到夜晚，他就会穿过214国道去往那片旧城。乞丐的聚集地是那片旧城，他们会深入那些曲折幽寂的巷道，我在那些巷道里行走时，我最担心的就是与那些乞丐相遇，我不知道该如何与一个乞丐对视，他只剩下眼睛（别的部位都被脏污所覆盖）可以给人暗示某些信息，一些相对于别的部位来说有一定真实性的信息。我总觉得是因为那些乞丐不断利用眼睛，也只能利用眼睛，他们的眼神比起一般的人相对更加幽深一些。在县电影院门口，我经常会看到一些乞丐，躺在门口的那片草地上，曝晒着舒适的太阳，同时曝晒着他们的外部以及内部。有时我甚至惊讶地发现，那些乞丐中有一些会在电影院门口来回转悠，他们喃喃自语，谈论着放映的电影，谈论着从电影院的舞台上或者观众席上发出的声响。当我进入电影院见到那些人时，我是厌恶他们的，我担心他们会给一些人带来伤害。直到离开那片旧城，我没有听说过他们伤害过人，当然道听途说有它的局限性，但至少能说明在很多时候，那些真实的乞丐往往是不会伤害别人的，这与那些职业乞丐有很大不同。在那片旧城，同样充斥着许多职业乞丐，到后来，我已经无法分辨出哪些是真实的乞丐，哪些人又是伪装的。无法分辨真实的结果，是我已经不相信任何一个乞丐。我知道确实是有那么一些真实的乞丐，但我全都采取冷处理，内心深处当初触及乞丐时的那种阵痛感已经消弭。

我曾在晚上从电影院门口经过，我发现电影院门口聚集了许多的乞丐。有时对那些乞丐的一些猜测，会让自己都感到很惊讶。我曾猜测：经常在电影院门口出现的那群乞丐，是为了电影院内部放映的电影和舞台上的表演，而经常在那些录像厅前出现的那个乞丐，莫非是为了那些录像厅里放映的电影？那家还保留着录像厅的大致结构的店铺，已经不像以前那种向外的放映电影，而是向内，自己看。那个店主可能忽略了那个经常被人忽略的乞丐，可能那个乞丐每天都在那里出现的一个目的，就是听那些录像厅里的声音，陈旧的声音，他曾熟悉的声音。前不久我回到过县城一回，从那些曾经的录像厅（现在基本建成烧烤店，只有那家依然还卖着陈旧的光盘）经过时，我依然见到那个乞丐的身影。我无法确定他是什么时候来到那片旧城的，在我来那片旧城读书之前，他就已经存在，不知道已经在那之前存在了多久。依然胡子拉碴，依然遍布脏污，依然只有眼睛还偶尔闪烁一下。

有时，我会怀疑，那些乞丐真存在过吗？那些我所认为的乞丐不曾存在过，那些背着三弦琴卖艺的人也不曾存在，我只是看到了一群不真实的乞丐，我就曾被骗过。只是一些被你虚化和理想化的乞丐而已。他们甚至可能只是你想象的产物。

阅读随记：

《毒木圣经》。芭芭拉·金索沃著。

阅读过程中更多的压抑与战栗。不同的叙事者。遍布毒木的丛林。树之眼。普莱斯牧师的固执，并最终被固执吞没。走过的地图上留下了种种悲伤的痕迹。丛林般无法穿透的，以及潮湿的有关悲伤的记忆。狼藉的命运。内心的废墟与真实的废墟。自我的囚笼，以及被其他人所囚禁，所压抑，灵魂向往群山，而真实的生活切断了灵魂的翅翼。变得陌生的所爱之人与物。对于判断的质疑。人的两面或多面。作为母亲的悲戚，那时“母亲”这个身份显得特别悲凉而无助，用忙碌抵御心痛的母亲们。碎落的悲伤。艾达的三次被抛弃，总是让人心疼，让人心疼的还不止这些。悲剧的愈演愈烈。被贪婪与无力裹挟，被希望之刀切割，血腥的一天，围捕猎物可以算是真正坍塌的开始。一些生命被死亡挪移出了世界，一切沉默。没有消退的忧伤。忧伤的重量。因分崩离析而汹涌的泪水。吞进肚子里的绿曼巴蛇（一直在体内）。误解、背叛与负罪感。深入骨髓，浩如烟波的苦难、战乱、疾病、饥饿与欲望，不断的妥协、磨合与挣扎。灵魂与肉身的受辱史、挣扎史。

三十一

【农贸市场】

我很少去县城北部的农贸市场，我无法适应农贸市场里蔓延的鱼腥味，即便我没有来到卖鱼的地方，鱼腥味依然无处不在。只是很少去，并不是不去。那天我去了，为了包子。我在那个入口处摸出钱想买个

“千层包”，里面夹着豆沙，这是我最喜欢吃的包子。周一到周五，那两个讲着浓重外地口音的两口子会来到学校门口卖包子，周末，他们就只在农贸市场里卖，这样我都是为了买包子才来到农贸市场的。有一段时间，我总觉得那个妇女很美，我会边吃着刚从她手中接过来的包子，边偷偷地瞧她两眼，而现在我早已忘了那个妇女的样子，对那种包子却无法轻易忘记，无法忘记的是那种柔软与美味。

那个早上在农贸市场，刚想把包子放到口中，那种浓烈刺鼻的鱼腥味便朝我涌了过来。我把刚送到嘴边的包子放回袋子，鱼腥味的介入让食欲骤减。最终我并没有避开那股鱼腥味，相反有种强烈的渴望，想看看散发着鱼腥味的角落，对鱼腥味的排斥竟让我贴近了鱼腥味，这于我就是一个悖论，生活中处处存在着这样的悖论。我发现卖鱼的那条巷道有百米长，卖鱼的有五家，都在门口置着一些盆，那个盆虽然不是很大，但放入的鱼不少，我看到了这样的情景：在那个已经被它们的躯体挤撞得没有丝毫缝隙的盆里，那些鱼一动不动，只顾拼命地呼吸着。直到现在，我依然记得那些鱼鼓动两腮的样子，最让我无法忘记的是那些鱼的眼睛，与鼓动的两腮相反丝毫没有怒目圆睁。我在那些盆前站立的时候，有一些鱼竟把目光折向了我，因为那些目光太过清澈，我竟分辨不清楚目光所暗含的意思。在面对着那些鱼时，我才知道自己不是一条鱼，想成为一条鱼的渴望也宣告破灭。曾经我希望自己变成一条鱼，在县城的那些渠道自由自在地畅游，通过游走来看清那个小县城中的人与事。我突然感觉到了来自那些鱼的目光的逼视，属于柔软与清澈的逼视，那种柔软与清澈让我不知所措。我意识到自己在一条鱼面前彻底垮了。那个卖鱼的朝我扫视了一眼，并没有问我是不是要买鱼，他以时间所累积下的经验知道，站在那些鱼面前的我不会买鱼，我那过于集中却多少显得有些恍惚的眼神出卖了我。

我同样不懂鱼类的语言，有时语言会在不经意间泄露一些秘密。我目睹着那些卖鱼的人把鱼打晕，在鱼处于昏迷状态下时，用锋利的刀子迅速刮着鱼鳞，甚至把鱼剖开掏空内部，有时鱼会再次苏醒过来，有时鱼再也没有苏醒过来。太阳照射出来时，我还在卖鱼的那个通道里游走，我已经忘记自己在那里待了多长时间，在那条通道里，我突然觉得自己像极了那些鱼。似乎在蒙昧的世界里，那些鱼的眼睛给我照亮了通往某个世界的路，在那些鱼的眼睛里，我分明清澈地看到了自身，并不是被缩小化的我，而是一具被扩大化的我。我的内部清清楚楚地倒映在鱼的眼睛里，一个孤独的我，一个泛滥恶之花，或者无法遏制恶之花的另一个我。那条鱼像极了在那个乡间经常遇到的那些巫师巫婆，他们的巫术往往能清楚地看透别人的生命，却无法轻易看透自身。据他们自己说，他们根本就看不清自己，他们有时甚至不知道要在乡间到处游走的目的。我同样像极了那些巫师，我无法说出自己为何能在那条通道里待上那么长的时间，那些鱼正在我的目睹下渐渐减少，盆里不再拥挤，但剩余的那些鱼依旧像我刚开始看到的模样，安静地待着，不停地鼓动着两腮，那双清澈的眼睛却丝毫没有动。

是在那些鱼的注视下，我暂时离开了那片旧城，我知道自己可以彻底离开那片旧城，却无法彻底避开那些鱼的注视，我总觉得那些鱼总是躲在暗处注视着我。在一条鱼面前，我不敢轻举妄动，在一条鱼的注视下，我清醒地活着。

失忆的人。与世界脱节的人。让自己重新回到空白。她说自己是故意在失忆。故意失忆与正常失忆之间有什么区别？在面对着她一本正经地说时，我怔了怔。有时这样的对比会随时出来。我们都在她的表情里看到了类似女巫在某些时间里的恍惚与走神。那应该是老年痴呆症，或者其他的病症，只是偶尔的清醒，只是自己在模仿着世界的一部分真实与谎言。我们在她那时而清醒时而呆滞之中，看到了自由穿梭于几个世界的人与灵魂。她呈现给我们的就是不同世界中生存时的尴尬与对于尴尬的回避。我们努力帮她厘清她的记忆，她的那些过往，她却断然拒绝了我们，她说自己就是随时把自己倒空的人，何来的记忆，何来的过往，自己就只是活生生的现在而已。她说自己并没有任何的病症，只是以为她病的人才有病。在她振振有词中，我们坠入了时间的某些迷雾中。

阅读随记：

《投敌者》。西格弗里德·伦茨著。

时间迷雾里的轰鸣声。命运的枷锁悄无声息地就套在了身上，被牵扯着。生命的飘荡感，明处与暗处。生命感不断被冲淡也不断被加深。幻觉的跌落过程，竟掷地有声。体内的火在燃烧，在熄灭。自由与怀疑。距离与恐慌，相互戕害，世界的崇高与尊严，只能思考的世界，更能抵达寂静之带，思考与孤独，思考与恐惧，思考与越发剧烈的思念和越发加重的世界的重量。无法摆脱的东西，它如影随形。战争，拆毁记忆，往往得一种叫负罪感的病。绿色、滞重的沉默，让人精疲力竭的沉默，被麻醉的沉默。那些无法投递的信与情感。自我否定之后的犹疑与叛逃，发抖中又怀揣一些虚空的希望。慌乱，面对生命无常的慌乱。生命的多种可能。在旧城中，一些人被拆毁记忆，那个在那一刻有些恍惚的她，可能就是被拆毁记忆的人之一，但她又没有表现出任何对生命无常的慌乱，而是变得越发平静。

三十二

【古旧】

这同样类似概述。我想概述一下旧城的特点，我也知道这样的概述太过武断，也太过单一了。古旧只能是它的一部分。古老的建筑。古老的木雕。古老的门楣。在剑川那个很小的旧城，这些古老的东西依然释放着光泽。有些旧正被修缮。被修缮的旧。合理地修缮旧。一种合理的保护方式。合理的对于美感的保护。我站在了某条街上。周围都是古老的建筑，以及鲜活的现代的生活气息。二者在这些建筑内部并不矛盾。有些建筑的内部经过了篡改，只是留下了表象的传统，我很少进入那些建筑的内部。

他。他应该算是什么样的一个人。我把记忆中的很多人翻了出来，他有时是一个合体，那时在他身上，我们能看到我们自己。我们的苦痛、幸福与无奈都在他身上得到了一一呈现，有时他就只是一个个体，一个独一无二的狂躁抑郁又沉默寡言的人。他坐在了旧城中的其中一座石桥上，石桥边的那些祭祀用的东西堆积着，他静静地看着那些熟食撒落在地。他吞咽了几下，他朝周边望了望，没有人（其实是有人的，作为描述者的我就看见了，还有很多人看到了，我们在他所忽视的角落里静静地看着，我们观看的行为里有着对于一些暴露在面前的尴尬人生境遇的冷眼旁观的窃喜与被我们忽略的阴暗，我们就想看看他的尴尬与颓丧），他确定没有人，移向那些熟食，他再望了望，依然没人，才快速地把手伸向了熟食。

他所呈现给我的，我总觉得是生活的怪诞，他就是一个被我们想象为怪诞的存在。我不知道怎么就会觉得他的存在本身是怪诞的。我是有那么一会儿并没能真正看清他。他的真实未必就是那时我所看到的真实，我突然想到了某些行为艺术家。如果他是一个行为艺术家的话，我的想象与判断都将是不能成立的，但愿我遇到的并不是行为艺术家。我把这样的想法暂时抛却，他就是现实得有些让人吃惊地在捡熟食吃，他丝毫没有顾忌，很多人在面对着那些熟食时是应该有所顾忌的。他于我并不是来路分明的人，而是一个来路不明、困顿疲乏之人，这时，我又情不自禁地想到我自己。我问问自己，自己于他又何不如此，只是那时他的关注点在熟食上，而我的关注点在他身上。那并不是经常能看得到的，他只是偶尔出现，熟食同样是偶尔才出现。现在，熟食依然还有，那些在石桥边虔诚跪拜的老人还有，他却不知去向。

最终，他于我只是成了一个来路不明下落也不明的人。我会偶尔担忧他行途的困顿不安，这是由于自己在生活中疲于奔命时的心理反应，这有点像把身世感怀与草木凋落联系在了一起。他，将以这样异常单线条的方式出现，我想努力通过别的一些方式来弥补，但依然没有任何的立体感。我正穿过一个隧道，从草木的青葱中坠入短暂的黑暗之中，这时我又有了几丝忧惧。

阅读随记：

《斯通纳》。威廉斯著。

读这个故事时会无端想起两部小说，《马丁·伊登》和《船讯》，但又与这两部所呈现的不同，这是多少有着悲剧意味的故事，斯通纳在有意无意地抗争着什么，而最终被彻底掏空，只剩下平静与汹涌的过往，最终他跌进了房间的寂静中。想起了那些逝去的青春，想起了自己，想起了“我们”那个群体在生活面前所努力的不屈，以及一次又一次被生活鞭挞得体无完肤，但我们必然还要抗争着逃离着，即便我们面临的可能是更大的虚无感！

三十三

【鬼城】

与旧城有关又无关。这里的鬼城与旧城无法对等，这与曾经的剑川和旧城之间是可以完成对等完全不一样。我是在另外的世界里见到了一些鬼城，里面只有寥寥数人在孤独而感伤且莫名其妙地走着，那时你会有迅速从那个鬼城中逃离的冲动。在一些鬼城里，你甚至很难见到人，而是一些堆积得有些让人觉得不可思议的垃圾与时间。“鬼城”这样的说法，就像卖关子，你可能会想象偌大的空间感与其他，这个鬼城的范围却太小了，我把鬼城的前身拉出来，你就恍然大悟，你甚至会有想骂人的冲动。原来就是一个防空洞。这值得大书特书吗？这是你的责问。我也在你的责问下，顿感不好意思。

那时我们所有人都是用“鬼城”来定义它，几乎没有人会仔细去琢磨一个命名的准确性。那应该就是一个防空洞，很多人都这样说过，只是我没有去查找相关的材料，那些所谓铁证的东西并没有被我获取，我是应该去获取一些证据，还是那样的获取只是徒劳，它就那样呈现在我面前，但我一眼认出的并不是防空洞，而是鬼城。关于那是鬼城的宣传海报摆放在了其中的一个入口，它的另外一个出口已经被封死。我进去过里面一次。各种有关鬼城的幻想在那个隧道式的空间里被精心制造。鬼城，它所要给人的主要就是一种有关恐惧的刺激体验。我站在了鬼城的门口，那些从幻象转换为现实的图案的鬼怪在门口的那些墙体上张牙舞爪，其中有几个鬼怪被画得有些活泼，如果没有那几个看着活泼亲切的鬼怪，我将不会选择进入其中。

我们明明就有了充分的心理准备，但进入其中之后，才发现心理的防线被那些躲在暗处的鬼怪轻易就击溃了，那是对于恐惧极其明晰的体验，现在我虽然是在回忆与复述那种体验，但我依然能清晰地想起了当时在那个只有几百米的空间里的心理所产生的各种变化。我总觉得众多的鬼城都是一样的。那个鬼城，同样也是一个舶来品。鬼城，就在那里风靡了一段时间。

现在，当我再次出现在鬼城前面，我就站在原来第一次出现在它面前的那个位置上，那些图案已经被一些人抹掉了，它的功能也就那样被抹掉了。我在想打开那个门，里面会是什么样的一个世界，毕竟在把防空洞改成鬼城时，里面搬进去了那么多的道具。我没能找到任何有关建造鬼城的人。我是在那个旧城里到处打听过，我以为从旧城往上几百米进入一个公园，而鬼城就在那个公园，这样就应该会有那么一些旧城中的人知道那件事，同时也参与了那件事，是有那么一些人知道那件事，那些人与我一样是知道有那么一个鬼城的存在，只是它的出现于我们都是一样的突兀，与它的消失一样突兀。

那些道具，是被一些人从那里运走了，许多人都这样说。在许多人这样说时，我们就会觉得是曾看到了一个车队出现在那个公园里，然后又急匆匆地从公园里出来，然后彻底消失。车牌？其中一个人提到了“车牌”，这时所有人都摇了摇头，没有人注意车牌。这时，鬼城回归为防空洞。防空洞被那些绚丽驳杂诡异的东西所填满，这样的填满多少有些诡异的意味，而那时防空洞的真实意义早已被搁置一旁，也很少有人会去关心防空洞的意义被转化之后可能会发生的，据说是曾有那么一个人在防空洞（应该是鬼城）门口大声怒斥了几句，但只是去怒斥了一次后就不再有下文。而现在鬼城消失，鬼城回归为防空洞，这样的回归又有多少的意义？防空洞的门紧闭着，我又觉得现在我眼前的真是防空洞？还是已经被一些人又篡改了它的意义与名称，只是现在还没有公布而已。

那个嬉笑怒骂之人。到底是哪个？就那个。我朝那人指了指。你脸色变化了一下，明显有些疑惑与不信。那时，他与我口中所说的完全不一样。你的脸色是在表达着对我的怀疑。他太安静了。我们还与他之间隔着一小段距离，我们根本无法进入他现在的思想世界。思想里面涌动的波涛。狂躁的因子。我曾看到他在大街上一个人大声地自言自语，那种自言自语有着让人惊叹的滴水不漏，自言自语的速度会慢慢加快，他开始变得上气不接下气，他开始在大街上奔跑着，感觉就像是要追赶上与他交谈的人。他有时还会拿着一张废报纸，来到某个建筑前面大声地读着，读着那些已经被时间抹去意义的文字，读着一些极具荒诞意味的文字。他就在旧城里以这样的方式生活着。我就是想让你知道有这么一个人，同时还有这样一些生活方式。你也觉得这无疑就是一种病。你也担心这种病有传染性。这时你说：你这么一说，让我想起了曾见过与他一样的人。但突然间他们都从那个世界中消失不见，只有他留了下来。他马上就会自言自语了。我肯定地跟你说。只是他并没有自言自语，而是一如刚才的平静。这让我感到惊讶。他的病难道好了？想起他，我就会想起一种摇滚式的人生与喧嚣与呐喊。二者之间到底是借助了怎样的媒介联系在了一起。提起摇滚，现在摇滚只可能在他内心里涌动，回到我们在旧城听摇滚的时间。那时听着张楚的呐喊。听着指南针。听着唐朝。听着那些摇滚，我们都曾泪流满面。没有远方。我们都没有远方。我们都在想象着远方，我们觉得自己应该有远方。我们就在那些黑暗潮湿的角落里，慢慢变质消亡腐烂。我们经历了太多的消亡。我们都是失败的。只是我们沉浸在失败中无法自拔，变得不再清醒。我们很多人都是没有远方的人，我们最终没能走出旧城给我们限定的那个狭小的区域，我们的思想也没能挣脱那个小的世界，我们变得时而自私，时而忧伤，时而不可一世。我在回望以前，同时依然还在旧城中生活着的现在，我看到了一个赤裸的自己，我看到了另一个我，如果他现在出现在我面前，我们将会相互厌恶，我们之间只会横亘着相互的不屑，以及长时间的沉默，已经是没有争辩的必要了。我们的小忧伤，一个属于旧城的小忧伤。提到摇滚，我不得不要提提张姓同学，他特别喜欢摇滚，各种摇滚音乐是从他那里了解到的。遥远的目光。是遥远吗？我总觉得很多人已经从我的生活中，悄悄退到了某个地方，如果不是因为这个文本，他们将不会暂时被唤醒，而现在他们相继被唤醒，很多人与我想象中已经有了很大不同，那是在那遥远的过去，我所根本无法想象到的。舍友张对于摇滚音乐同样异常痴迷，在他的口中，第一次听说诸如“地下乐队”这样的字眼，到后来我才了解到，那是与主流音乐不同的音乐。

从此，在我的心中，开始有了偏见，那些音乐才是真正的音乐，才是真实的音乐。在那些真实的音乐里，我看到了自己，我看到了底层，我看到了精神的苦痛。有个朋友会经常听张楚的《姐姐》，现在我把《姐姐》打开，听着张楚那忧伤而愤怒又多少无奈的声音，我想到的是我们正遭受着一些背叛，“姐姐”没有任何的安全感，那些耻辱的生活施加在一些人身上，施加在了在这个文本中出现的一些人身上。我们只知道必须要忍受那些无处不在的源自生活的中伤，我们同样要忍受着在生活中体验到的那些苦痛，我们同样需要感受生活中的快乐，即便我们可能知道或是不知道该如何回家。“姐姐，我想回家，牵着我的手，我有些困了”，张楚在唱着。那个人依然很安静。

阅读随记：

《悉达多》。赫尔曼·黑塞著。

流浪者之歌。成长与顿悟。成长中总要陷入尘世并在尘世中沾染上一些我们永远无法擦拭掉的尘埃。我们义无反顾地进入尘世的染缸，又在努力从中挣脱出来，这样的矛盾感加重我们的痛苦与焦虑。容器与空壳。思想丰腴的容器。疲乏苍白的空壳。探索者，渴求者，不断探索，不停渴求，不停啜饮，不安与探求的火焰不停在燃烧。摈弃，让自己成为空白，重新成为一个孩子。发现与自由。各种服饰与各种身份。片面与完整。生活的小小裂口中，陌生与新生渗入。生命的多声，善与恶，喜悦与挫败，欲念与痛哭等纠缠在了一起。忍受自身的丑恶，忍受时间的荒诞，忍受绝望与悲苦。河流的秘密，事物的秘密，声息的秘密。过滤和简化了尘世与细节，拉长繁复了沉思焦虑冲撞，拉长了对话、倾听，尤其是倾听河流的声音。声息在繁殖。河流之中，可以看到可以听到一切。摆渡人。坠入森林。悉达多，又一个摆渡人，摆渡自我，摆渡虚空。河流不再被简化，那是“一条奔腾的脸的河流”。

三十四

【梦宫】

顾名思义，我的梦宫。这是我在一些时间里，重新回到旧城的方式。以梦的方式，以梦幻的方式，以想象的方式，世界也在这些方式面前变形，变得似是而非。这时，我绝对不在那个小城之内，如果在那个小城之内的话，我就会被现实所困扰所裹挟，就会重现实而轻想象。我的梦宫，一个光怪陆离的世界，里面有着各种各样变得轻盈的人，他们有些栖息在某个民居内的植物上，他们有些扑腾跃上房顶，在房顶之上饮醉，他们时而幻化为蛇幻化为狼幻化为鸟，而不是更多只是一群略微有点点畸形和被忧郁折磨的人，还有别的各种光怪陆离的生命。有时我无法分辨出哪些是人本身，哪些是人幻化的，哪些又是别的生命幻化的。这样的世界，真实地存在于我的脑海之中，那时我呼吸均匀，轻微的鼾声此起彼伏。

有时我也会在梦中突然觉醒，那时梦宫就会坍塌在夜色的滞重之中，也失去了那种轻盈的意味。醒过来发现梦宫的轻易坍塌，就会很沮丧。这时，我才发现自己竟妄图用梦宫来对抗现实，也想用梦宫来抹除现实的一些东西。梦宫中，那些已经变形的物象找到了存在的世界。有时，我开始在梦醒后绞尽脑汁想把梦宫真实地在记忆中成形，但只要一醒来，梦宫就是碎裂的，就不再是让我沉醉无法自拔的梦宫。我只是记住了它的一部分残片。在这个梦宫里，一些具象化的东西都将变得模糊，也变得柔软，可以被随意抻拉，可以随意变形，一个又一个生命的变形记就在梦宫中完成了自己所愿意的变形。

那时，我们已经不敢肯定自己进入的就是旧城，我们只能模糊地感觉到应该进入的就是旧城。旧城与梦宫。这里的梦宫与卡达莱笔下的专门用来解梦的梦宫不一样，一样的最多只能是“梦宫”二字。我也承认这里的“梦宫”二字源自卡达莱，只是我觉得“梦宫”恰好能准确地描述着我所想要描述的那个世界，这应该是最准确的定义。我是在“梦宫”这样的字眼摆在了我面前之后，突然之间把它与旧城联系在了一起，同时还被联系在一起的是自己在如候鸟般，在一些地名之间来回奔走时的一些无法抛却的幻象，以及在一些夜晚折磨着我的庞杂纷繁的梦境。梦宫早晚会坍塌，这是我可以肯定的。

与帕慕克的对话。这必然是不可能发生在现实之中，这必然只能发生在梦宫之中，或者只能发生在我让想象不断爬升的过程之中。现在对话在借助着一些物事而有了合理存在的意义。我们谈论到了一座城市的呼愁，那种源自精神意义上的呼愁，它已经如酒精的分子一般浸透到我们骨髓之内，有时我们会有在那种酒精分子作用下的微醉感。帕慕克微笑着说那是属于他的伊斯坦布尔，那是植根于他的心灵深处的伊斯坦布尔。我想谈谈我的旧城，但想想帕慕克的伊斯坦布尔后，我就不再言语了。我们谈论到了那些艺术家，他们同样因为一些精神意义上的东西而出现在了伊斯坦布尔，他们也制造了属于不同个人的精神意义上的伊斯坦布尔。帕慕克把伊斯坦布尔如抽丝般抽出一丝又一丝，抽出来的丝柔软且有弹性。帕慕克还谈到了伊斯坦布尔的种种，时间感与空间感以及由时间与空间制造出来的情感与文字。我只能谈论早已习惯一些东西的不在场，别的我还能谈论些什么呢，我只能谈论那些我所见到或听说过的，在挣扎着在幸福着在焦虑着在苦挨着的人群，以及应该由人群扩散开去的诸多生命。我要谈谈那些卑微如草芥高贵如草芥的人群。这时我发现对谈早已经结束，帕慕克已经从那个我创造的语境中消失，他可能只是暂时消隐，也可能真正彻底消隐，只剩下我的自言自语。我所创造的语境就是一个失败的语境，与我所期望的相去甚远。对谈很明显是失败了，我不知道应该失落还是庆幸？帕慕克很明显是忍受不了我的唠叨了，我是意识到他已经不在我的面前，他在另外一个世界里陷入沉思，并继续写他的最新一部小说。而我也并不是实实在在出现在旧城，我在另外一个世界里想着我的旧城，别人一定会说真实的旧城不是这样，在旧城中生活的人也绝对不是这样，这只是被我歪曲化的旧城，我想辩驳，这是我的旧城。就像帕慕克肯定地跟我说那是他的伊斯坦布尔一样，那已经不是一个简单的城市，而是有了他独特的体验与思考与体温的城市，里面是有着一些已经变形化的东西。出现在眼前的更多就是那些被我认为是小城畸人的人群，其中有那么一些人不一样。这时，我强烈意识到了帕慕克先生从我对话中消遁的理由与意义，这于我意味着的是一次回归自我，这也让我有了创作这个文本的想法和动力。说实话，我脑海中无数次出现帕慕克，他又无数次以不同的方式消遁。一开始每当帕慕克消失，我就会异常沮丧，直到真正开始这个文本的创作时，沮丧感才真正消失。我知道与他之间的对话仍然会以不同的方式进行着。

阅读随记：

《观看之道》。约翰·伯格著。

耿占春老师与我的对话，是真正发生了，只是还不是真正意义上的对话，面对着他，或者面对他的文字时，我便意识到了内心的浅薄。耿占春老师与约翰·伯格。他们之间是有着一些联系的。那时，我正和耿占春老师在机场的候机室里坐着，那时我必然只能是一个听众，一个可能还不是很合格的听众。他把许多有关阅读的经验倾囊相授，他提到了约翰·伯格，他提到了《我们在这里相遇》，他提到了《观看之道》，他还提到了约翰·伯格的其他。他们之间就这样联系在了一起。我与他们也就这样联系在了一起。耿占春老师像候鸟一样在我生活的城市与另外的一些城市之间往返着，他跟我说起到九月之后他就会在我生活的这座城市住上好几个月。我们很多人也有如候鸟一般，但又与候鸟有着很多不一样，我们只能算是在一些时间里如候鸟般在这个如林的城市里生存着。那时，我并没有考虑自己会给他糟糕还是良好的印象，我是抑制不住自己激动的心情想在他口中再摄取一些有用的东西（那时我的渴念与摄取多少有了一些联系），我们谈论最多的还是阅读，我们也偶尔谈到了写作。耿占春老师的写作，那些如沙上的卜辞一般的微言大义，我明显走神了一会儿，我在想象由那些沙上的卜辞组构在一起的宏阔的世界，以及庞杂的观看世界之道。我读过《沙上的卜辞》中的一部分，思想的含量貌似如沙子般纷纷扬扬撒落，却瞬间积成厚厚的细密的一堆，用手一挖，便是众多时刻的思想聚集与闪光，现实与思想，现实与思考，现实的裂变与精神的裂变。不能让想象走得太远，我赶紧回过神来，他一定是捕捉到了我精神短暂的恍惚，他暂时把讲述停了下来。再接着说时，他不再谈论阅读与写作，而是谈到了他在许多世界之间的往返。我想到了自己长时间就在那座小城和现在生活的城市间往返着，这时我是否也就是一只候鸟，这时我暂时不再是一尾鱼，这时我能强烈地感受到不同空间给我的完全不一样的体验，我在以我的一些方式回看着那个小城，那是我的一种观看之道。耿占春老师所给我提供的是一些观看之道。回到耿占春老师的阅读，阅读的礼赞与挽歌，一些无限美好与阅读的无限美好，在熔炉中相互平衡与互补与再生，沉溺，抗拒，反思，忧虑，细碎，重与轻，轻与重，记忆与澄清，澄清与时间……回到他的观看之道，这时他面对的是自己，他面对的是作为人称的“他”，他面对的是自己，又只是自己吗？时间在流动，时间的旋涡，时间的褶皱，他看着的是自己与时间，自己对于时间的注解，是时间对于自己产生的影响。暮年，现实的暮年，象征的暮年，肉身的暮年，思想的暮年。对于晚年随着肉身所无法避免的不鲜活，肉身正面临着最大的尴尬，旺盛的生命力正一点点地被蚕食，肉身正在塌陷，一些处于暮年的生命感觉到了无法控制的面瘫与无力感，而艰难的是晚年里依然持续的才华与清醒。作为思想者的他，对于思想与肉身会在时间与现实面前所表现出来的尴尬与焦灼了然于心，他是清醒的，但是在面对肉身时，一些东西他依然无法抗拒。他只能清醒地意识到肉身到思想会在暮年，或者不只是暮年，可能是在一切时间里，一切自己能感知到，一切可能迷惑自己的时间间隙中，感知到的一切苦痛，感知到的对于疾病，对于那些隐隐作痛的东西，并对其进行着清晰的表达。我似乎看到了他正用锋利的刀丝丝挑开内心的隐痛，被层层剥开的暮年与盛年。再去往约翰·伯格的《观看之道》，很短，提供了不同的观看之道，看油画，看广告，看油画中的裸女，看世界本身，是在提供一种极具个人的观看方式，也是极具颠覆意义的观看之道。长得繁茂的蓬蒿，密集，其实只是一小片的聚集，生命的活力在聚集。似乎正在陷入一种近乎荒漠化的生活状态之中……然后回到我的小城，回到我的观看之道。

三十五

【迷宫】

这只是属于我的迷宫。旧城就是一个迷宫。在明亮之中你可以畅通无阻。在暗色调中，这样的暗道同样可以通畅无阻，只要你足够熟悉它。当它在成为迷宫一样的存在，它属于一个精神意义上的迷宫。思想在这样的迷宫中不断游走，与我在明亮与暗黑中的游走一样又不一样，我在精神的迷宫中感觉到了让我或是惊异或是迷惑的东西。时间的皱褶，有时是思想无法穿透的，思想的力度只是抵达了其中一层，或两层，在那之后就会觉得特别艰难，便再也无力穿透那种坚硬的皱褶。

在这个迷宫中，我经历了太多的失败、犹疑与颓丧，在迷宫之外竟能清晰地看到了那些迷宫中井然有序的通道，只是我不知道该从哪条路径进入，又该从哪条路径中走出来。在迷宫之外，现在我就是站在了迷宫之外，我似乎是真找到了让思想在其中游走的路径，仔细想了想之后，又觉得不是我所认知的那样，迷宫中处处充满陷阱。即便是经历了那么一些时间，并以不同的方式进入其中，但还是有更多的路径等待着，同时迷惑着我，同时蛊惑着我。

我重新回到一尾鱼的状态，不停让自己失忆，又不断重新记忆。即便记忆以鱼的方式重塑着，我依然再次感觉到了在这个迷宫中东突西撞时，留下的伤痕与顿然的恍悟。于我是迷宫，我能清晰地发觉，时间让迷宫变得更为复杂。旧城成了我一个人的迷宫，许多人在走出这个迷宫后就不再回到其中，而我在必然要回来的同时，也抑制不住类似渴望的作用不断回到其中。

我是熟悉了那些建筑，我同样熟悉了那些只是偶尔出现的地名，但熟悉依然只是某个时间段里面，我只能熟悉的是它停滞的时间。在这个文本中，我努力让时间停滞下来，我是只能触及它的某部分时间与空间，以及在那些时间与空间生存的生命，这些生命中的一些是以别种生命的形式生存着，我听到了他们生存艰难时发出的深重叹息，我也看到了在有些荒诞的现实中他们的悲凉与忧悒。他们像极了某些生命，让我想想，到底是什么生命，生命的众多形态出现。有时候我与他们一样，有时候我们又是完全不同的人。我们都先后进入了这个迷宫之中，很多人没能真正找到走出迷宫的路，一些人不曾想过离开，而是对这个于个人而言有着独特意味的迷宫异常迷恋。

失眠的人。他就是一个失眠的人。有时，我也感受到了失眠的困扰。失眠只是现实给予我们的众多困扰中的一种。他自己像极了某种动物，夜间醒着的某种动物，只是我一时无法肯定他就是那种动物。他出现在某条街道上，异常焦虑地想着该如何才能让自己安然入睡，但这样的焦虑竟随着不断在夜间出现在旧城的各个角落，而变得不再重要。他在暗黑中找到了进入其中的通道，我并没有问过他，属于他的那个通道到底在哪里。我也知道我们每个人都应该有一个进入世界的通道与方式。越来越多的人在夜间涌上街头，他们都在夜间醒着，都是一群失眠的人。他们之间并无太多的交流。他们各自醒着，他们以各自的方式在那个旧城中行走着。

我是从别人口中听说了有那么一些失眠的人。他说在看到还有那么多的人失眠时，他还是感到很吃惊，竟然会有那么多的人在遭受失眠的折磨。同时他又会有着几丝隐隐的安慰，毕竟并不是自己一人在煎熬。我们谈起了他失眠的因由，他自己也说不清楚。我跟他提起了另一个人，在夜间基本不曾好好睡着过，只要夜色一降临，那个人就兴奋异常，他就想把那个村落里面的很多人组织起来进行一些娱乐活动，主要是赌博。那个村落里现在是有那么一些人（包括那个人在内）一到夜间就睡不着，他们只能在白日睡觉，但白日里他们必须要做农活。即便白日已经把他们折腾得很累，他们依然一到夜间就兴奋异常。

我跟他说我是见到了那个人，那时那个人正在某块庄稼地里酣睡，打着沉重的鼾声。庄稼地里面的那些小生命在他的鼾声中东逃西撞，那些无法奔逃的植物在风中颤抖，我轻轻地拍了一下其中的一棵植物，那棵植物安静了下来，别的那些植物也接连安静了下来。我就在那片庄稼地里席地坐了下来。我跟他说我正等着那个人的醒来。那个人是醒来了，一脸恼怒，我几乎一无所获，我特别想跟他谈论一下他在夜间失眠的真正原因，但我只是得到了一个很简单的理由，他只是想把那些有序的世界打乱。我说完了，他觉得我的讲述没有任何的吸引力和意义，他只是感觉到了里面的拖泥带水与矫揉造作与虚夸无力。先把那个人与那个村落放在一边，毕竟那个村落的那些人，并不是在任何时候都无法入睡，只是他们更多是在白日的明亮里入睡而已，他们只是用失眠在对抗着夜间的漆黑而已。

这时，我也是一个失眠的人，我们相约着出现在了旧城之中，我就想看看他跟我说起的那些众多失眠的人。他自始至终都没有跟我说起他失眠的真正理由，他所抛给我的那些理由我都觉得不可信。他说让他失眠的是流经小城的河流，那条河流的流量变小，感觉随时干涸，他希望自己守着那条河流，也许只有守着，河流才不会彻底干涸。他说让他失眠的是那些夜间日渐增多的失眠者。他说让他失眠的是那只每天都能在他房檐上见到的鸟，突然之间就不再飞过来了。他还说了好些理由，但就是没有触及自身。

他依然在夜间失眠，有天我问起他，白天他能睡得着吗，他说能睡得着，这时我突然之间想到了另外那个人，以及那个村落里面失眠的那些人。别的那些众多失眠的人，他们集体沉默着，他们都是想让夜间的有序一如往常继续着的人，殊不知他们自己早已是无序的一部分，即便他们很少会在夜间惊扰别的生命。

有一天，我们在旧城的某个地方相遇了，他说现在他又能在夜间酣然入睡了。我说那是一件让人欣喜的事情。有时，我们都是无法入睡的人。有时，我们都是潜在的失眠者。他冷冷地跟我说着：你不用带着那种有些阴阳怪气的语气讽刺我。我说我没有。他继续冷冷地跟我说着：你不用用那种神情看着我。我不知道那个时候自己是用什么样的眼神在看着他。他恶狠狠地跟我说着：你早晚会成为像我们一样失眠的人，你会像那个人一样停在某个土墙边，用指甲轻轻地划着土墙。我没有想到的是他突然间就多少有点失控了。那时，我眼睛开始涩了，我只能选择匆匆赶回那个单元房里头继续睡觉。那些失眠的人，一看就发现了我与他们的不一样，但幸好只有他对我发怒了，他在后面情绪稳定下来之后跟我解释，那天晚上我竟然会因为好奇一群失眠的人，而出现在旧城里认真观察着他们，这让他感到气愤。他说那应该是属于他们那群失眠的人的夜晚，或者是在夜间醒着的生命的夜晚，他们与我之间是完全不一样的，是不一样吗？

我苦苦想着，我与那群人之间的区别。我们之间是有了那么一些很明显的区别。只有在夜晚，只有把我放入那群失眠的人中间，就能一眼看出来我们之间的不一样。但这样的不一样重要吗？毕竟，我们都有可能被失眠折磨。特别是在这个文本中出现的人中的大部分，或多或少都会遭受着失眠的折磨。我在想表哥用在夜间饮酒的行为，所对抗的难道是困倦与疲乏吗？他有时也是在用酒精来抗拒失眠。我的五叔在那个临时搭建的房子里也经常失眠，他跟我说起是由于生活中的那些诸多不可控的因素，他把羊群卖了，卖之前羊群死得惨重，而现在他要面对着供养两个高中生的困难。还有别的那些从外地来的人，或者在这个小城中在外人看来多少有点点畸形化的人，我们都会因这因那的重压而无法轻易喘气。可能福利院里那个迟迟不想走，也可能不会走的那人，还有从旧城回到偏远乡镇的爷爷与奶奶以及别的那么一些人能够安然入睡。

那是我再见到他的时候，他已经不再受到失眠的困扰了，而我已经有一段时间一直被噩梦所困扰。我不知道自己会不会也在什么时候就会失眠，毕竟我随时感受着世界的重量在倾轧着我，也许我应该跟表哥或者别的人，好好谈谈世界的重量这个话题，而不是老是纠结于现实对于思想与精神的倾轧。我说但愿自己不会像他一样被失眠折磨，不好意思，但愿我不会被失眠所折磨。这时，我才猛然意识到自己最需要的其实是与他谈谈，他是怎么摆脱了失眠的折磨。我正要开口跟他说这个问题，他深有意味地朝我挤了一下眼：不要问我，我觉得你是应该好好感受一下失眠，失眠会对你的思想产生一些猛烈的冲击。他，以及那些失眠的人，是真实存在的吗？姑且是真实存在吧。

阅读随记：

《旁观者》。钟鸣著。

重感冒，躺床上晕晕叨叨地结束了《旁观者》的阅读。在有关《旁观者》的阅读体验中，总会体验到重感冒的症状，特别是牵涉到思想的疥疮与精神的痼疾时，浑身就会有发冷，却无力抗拒的疲乏感。一部充满“野心”（并无贬义与粗暴之意）之作，一部博杂之作，大的体量感和繁复绵密的纵深感，阅读体验，成长的记录，80年代的诗歌运动，一部诗集，一些注释，等等。偶尔沉湎于回忆之中，但更多时候是用那种把现实与精神进行切片的方式在叙述，在清醒地看着（这时就有了旁观者的一种特质，清醒地看着时间与空间中的人们对于慢与快的理解）一个群体的群体性与个体性，以及这些群体性与个体性和命运之间的勾连。批评的立场。批判的眼光。现实生活的状态与精神生活之间的裂变。对于一些作家诗人的臧否。让人羡慕其对与张枣、翟永明等诗人之间的关系的描述，重点是羡慕他们之间的那种对谈，以及独立判断的眼光。曼德尔施塔姆在《旁观者》中不断出现，除了那些有关曼德尔施塔姆的诗歌和章节外，还出现在文本的其他地方。《旁观者》里面，有着无处不在的曼德尔施塔姆那种被流放式的孤独。但除了孤独还有其他。《思想录》也出现几次。《旁观者》与《思想录》，某种意义上的思想录。在这个文本中，我是某种意义的旁观者。这个文本，能算是某种意义上的思想录吗？这注定是忧伤的文本，但它只是一部分，我是在反思，我是在记录，或者我其实什么也做不了，我所希望的由记忆抵达一部分现实的理想，可能也没有达到。除了那些充斥于这个文本的忧伤、孤独、幽暗、颓败、坍塌之外，我还感受到了其他的东西，我甚至在一些时间里感受到了自己在这种情绪中慢慢沉陷。现在旧城已经不再是我原来看到的样子，一切的潮湿、幽暗正慢慢变化，一切开始变得敞亮起来。这个文本中的旧城只是旧城的一部分，这个文本中出现的人，只是在旧城中生活的一部分人。在写作这个文本时，我把关注点放在了其中命运稍显悲剧的人群身上，也可能是肉身与精神所染上的忧伤，让我把关注点放在了他们身上，而现在，特别是带着女儿进入已经发生了很大变化的旧城时，我慢慢从一贯的忧伤中挣脱出来。看着女儿，我就像看到投到幽暗世界里一束明亮的光，内心的忧郁和黑暗，顿时消散。

图书在版编目（CIP）数据

记忆宫殿 / 李达伟著. -- 北京 : 作家出版社，2019. 8（2023.2重印）
（中国少数民族文学之星丛书 · 2019年卷）
ISBN 978-7-5212-0588-6

Ⅰ. ①记… Ⅱ. ①李… Ⅲ. ①散文集 - 中国 - 当代
Ⅳ. ①I267

中国版本图书馆CIP数据核字（2019）第105058号

记忆宫殿

作　　者： 李达伟
责任编辑： 史佳丽　李亚梓
特约编辑： 陈　涛　杨玉梅　郑　函
装帧设计： 孙惟静
出版发行： 作家出版社有限公司
社　　址： 北京农展馆南里10号　　　**邮　　编：** 100125
电话传真： 86-10-65067186（发行中心及邮购部）
86-10-65004079（总编室）
E-mail:zuojia@zuojia.net.cn
http://www.zuojiachubanshe.com
印　　刷： 固安兰星球彩色印刷有限公司
成品尺寸： 152×230
字　　数： 143千
印　　张： 11.75
版　　次： 2019年8月第1版
印　　次： 2023年2月第2次印刷
ISBN 978-7-5212-0588-6
定　　价： 36.00元
